Harmony in the Rough Waves

거친파도 속의
하모니
❷

내일을 위하여

Harmony in the Rough Waves

거친파도 속의 하모니

②

신형범 지음

좋은땅

prologue

거친파도와 같은 험하기만 한 세상 속에 살고 있는 우리의 젊은이들,

그래도,

이 사회의 모든 젊은이들은 이 저자보다 훨씬 좋은 환경과 사회에서 살아온 사람들입니다.

그러나

현실을 힘들어하며 살아가는 사람들이 너무도 많은 것 같습니다.

그러기에,

생에 가장 중요하고 소중한 사랑하는 사람과 함께하는 결혼과 자녀라는 것도 잊어버리고 사는 세상이 되어 버리고 말았습니다.

힘들게 사는 모든 사람들은 능력이 없어서가 아닙니다.

단지 잠깐 자신의 가장 소중한 "생각"이라는 것을 잊어버렸고 헛되게 "시간"을 낭비하였기 때문입니다.

바다에 나가 거친파도에 빠졌을 때,

무서워하면 그 거친바다를 절대로 빠져나올 수가 없습니다.

하지만 거친파도에 빠져도,

신속한 생각과 행동으로 정신만 바짝 차리면 그 험한 바다도 이길 수가 있습니다.

이렇듯,

우리의 삶에 있어 가장 큰 자산은 "생각"과 "시간"입니다.

"생각"만 있으면,

그 어떤 어려움도 이길 수 있으며,

"시간"을 소중하게 생각하면,

그 어떤 희망과 목표도 달성할 수가 있습니다.

절대로,

자신에게 가장 소중한 큰 자산인 "생각"과 "시간"을 버리지 마십시오.

여기

"거친파도 속의 하모니"에는 어려운 역경 속에서도 "생각" 하나로, 그리고 "시간"을 죽이는 신속한 업무처리로, 그 어려움을 이겨 낸다는 이야기들로 그려 낸 글입니다.

"거친파도"와 같은 현 사회에

모든 사람들에게 작은 "등대"가 되기를 바라며~~~~~~

Table of Contents
내일을 위하여

—

1. 암흑의 시간

민유정은 오늘도 끝이 없는 어둠 속을 헤매고 있다. 10년 가까운 긴 세월의 경영 속에 지금과 같은 암흑의 세월을 보낸 적이 없었다.

그간, 중견 건설업체에서 인테리어 설계사로 근무하다 나와 인테리어 설계 전문회사를 만들어 몇 년간은 승승장구하면서 재미있게 회사를 운영하여 지금은 회사 직원이 50명 가까이 되는 그래도 이 분야에서는 인정받는 설계전문 중견기업으로 키워 왔는데 여러 요인으로 국내 경기가 최악의 상황이 되자 최근 2년간은 불과 2건의 실적밖에 올리지 못하고 고통스러운 시간을 보내고 있다.

민유정에게는,

회사의 경영상의 어려움보다 하루하루 무료함 속에 지쳐 있는 직원들의 얼굴을 보는 것이 더욱 힘들고 고통스러웠다.

이에,

주위에서는 직원 일부를 정리하라고들 하지만, 지금 같은 최악의 국내 경기 속에 이 직원들이 나가더라도 다른 곳에 취업하기란 어려울 수밖에 없을 것이다.

이제 그동안 호황으로 그래도 여유 있었던 회사의 재정 상태도 점점 안 좋아지고 있다. 평생 금전으로 인한 어려움은 받아 보지 않고 살아온 **민유**

정은 지금 무서운 고통 속에 하루하루를 보내고 있었다.

거기에, 10년 이상을 투병하고 계신 어머니의 건강도 근자에는 더욱 악화되는 것 같아 **민유정**의 마음을 더욱 슬프게 하고 있다.

갑자기 **민유정**은 슬픔과 외로움이 밀물처럼 다가오고 있었다.

그때, 노크 소리가 나며 현장팀장이 들어왔다.

민유정은 자세를 추스르며,
"**박 팀장**, 무슨 일이에요?"

그러자 **박영수** 팀장은,
"사장님, 방금 전 유진건설에서 전화가 왔어요."
그 말에 **민유정**은 놀라며,
"어 무슨 일인데요?"
그러자 **박 팀장**은,
"네, **최 사장**님이 이번 주 금요일 오전에 사장님께서 회사로 와 주실 수 있느냐고 물어보셨어요."
그 말을 들은 **민유정**은 얼굴이 밝아지면서,
"아, 당연히 가야지."
"그럼 그렇게 전하겠습니다."
하며 밝은 모습으로 나갔다.

유진건설은 설계, 시공 분야 하도급 업체로 유진건설의 **최 사장** 부친이 대형아파트 공사의 원청 업체로 부친의 회사 공사의 일부를 하청받아 하는 기업으로 재력가인 부친의 영향으로 건설공사 하청 분야에서는 제법 상위 그룹에 속하는 기업이다.

금년의 **민유정** 회사의 공사 2건은 모두 이 유진건설에서 발주한 공사였다. 그 유진건설은 **최 사장** 부친의 재력으로 지금과 같은 불황에서도 계속 공사를 하고 있는 알찬 회사이다.

그의 부친은 얼마 전 엄청나게 큰 재개발 아파트 공사를 맡았다는 말을 **민유정**은 들었지만 그 공사의 규모가 엄청나게 큰 공사이기에 **민유정**은 감히 생각지도 못하고 있었다.

그런데 유진건설의 **최 사장**이 보자는 것이었다. 어둠 속에서 갑자기 강렬한 밝은 햇빛이 비치는 기분이었다.

사장실을 나와 사무실로 나가자 직원들은 벌써 유진건설에서 전화 왔다는 소식을 들었는지 모두가 조금은 밝은 표정들 같았다.

직원들의 모습을 본 **민유정**도 오전 내내 우울한 기분은 사라지고 본래의 활발한 **민유정**으로 돌아간 것 같아 밖으로 나가 한 바퀴 돌고 싶은 마음이 생겨 무작정 차를 타고 어디로 갈까 생각하다 유진건설 **최 사장** 부친이 이번에 새로 수주한 아파트 공사 단지로 차를 향했다.

가면서,

참으로 웃기는 **민유정**!

아직 아무것도 결정된 것이 없는데 김칫국부터 마시는 자신이 운전을 하면서도 웃기기만 하였다.

현장은 엄청나게 넓었다. 그 단지에는 3개 종합건설사가 참여하여 시공 준비를 하고 있었다.

만약, 이 공사를 맡을 수만 있다면 앞으로 2년 이상은 아무 공사가 없어도 회사 경영에는 아무런 문제가 없을 것 같았다.

2. 우연의 재회

현장을 둘러보고 도로를 따라 나오는데 옆에 **"푸드버스"**라는 것이 보였다. 큼직한 차량에 아름답게 디자인한 **"푸드버스"**는 지나는 차량들의 눈을 끌기에 충분하였다.

민유정도 가까이 가서 차를 대고 **"푸드버스"**로 가니 메뉴가 또 미소를 짓게 하였다.

머핀, 햄버거, 피자, 파스타 거기에 붕어빵과 떡볶이까지 완전히 국제적인 메뉴였다.
"참 욕심도 많네." 속으로 생각하면서
미소 지으며,
위를 쳐다보며,
"아저씨, 무엇이 제일 맛있어요?"

버스에서 조리를 하던 사람이 웃으며,
"다 맛있어요."
하며 얘기하는데 **민유정**은 문득 낯이 익은 느낌이 들었다.
그러면서 속으로 '오늘 직원들에게 붕어빵이나 잔뜩 선물하자.' 생각하며,
"아저씨, 붕어빵 오만 원어치만 주세요." 하자,

조리하던 사람이 깜짝 놀라며,

"오만 원어치요? 아줌마, 지금 나 골탕 먹이려 하는 거 아녜요?"

그러자 **민유정**이,

"에구 참, 지금까지 속으면서 살았나! 오만 원 어치요. 여기 돈 받으세요. 헌데, 아줌마가 뭐예요?"

그러자,

"에구 감사합니다. 허면 굽는데 시간이 걸리니 조금 기다리세요. 그리고 댁이 나보고 아저씨라고 하니 나도 아줌마라고 했지요. 하하."

그때 작은 소형차를 타고 배달을 갔다 온 **민우**가,

"다녀왔습니다. 형님, 또 배달할 거는요?"

라고 물으니,

조리사가,

"아직! 네가, 너무 고생해서 쉬라는 것 같구나."

하며 웃는다.

그러자 **민우**가 **민유정**을 빤히 보더니,

"혹, **YJ인테리어** 사장님 아니세요?"

라고 묻자,

민유정과 **조리사**가 함께 깜짝 놀라며,

"어!"

"어!"

"맞아요. 그런데 날 어떻게 아세요?"

하자 **민우**가,

"역시 그렇네요. 저~~ 몇 년 전에 태원건설에 오신 적이 있으셨죠? 그때 뵌 적이 있어요."

하자, **민유정**이,

"아! 그랬군요. 헌데 여긴?"

그러자 **민우**가 웃으며,

"그렇게 됐어요." 하고 말하며,

조리사를 가리키며,

"이분도 당시 저희 이사님이셨어요."

하자 **조리사**가 웃으며,

"야, 임마, 왜 고해성사를 하고 난리야!"

하자 이번에는 **민유정**이 **조리사**를 쳐다보며,

"맞아요. **강지원** 이사님이셨죠, 맞죠?"

"어, 내 이름까지 기억하시네."

하자,

"그럼요 회의 때 이사님도 몇 번 함께하셨는데요. 와, 정말 너무 반가워요."

정말 **민유정**은 너무도 반가웠다. 당시 너무도 인상이 깊이 남은 **강지원** 이사였다.

그때 두 사람은 여러 사람들과 공사에 대한 미팅을 하면서도, 서로 몇 번이나 눈으로 대화를 나누었던 기억이 오늘 만나자 기억이 나고 있었다.

그리고 다음에 갔을 때 보이지가 않기에 **강지원** 이사님 왜 안 보이시냐고 물으니 안타까운 상황 얘기를 듣고 너무도 서운했던 기억이 지금도 생생했다.

그러자 **강지원**이,

"오늘 큰일 났네 반가운 사람 만났으니 덤을 잔뜩 드려야겠네! 하하."

강지원도 **민유정**에 대하여는 또 하나 생생이 기억나는 것이 있었다.

처음 **민유정**이 방문한 날 제2현장 팀, **김 팀장**이 날씬하고 우아하게 생긴 **민유정**을 보자,

"와, 멋지네."라고 얘기하자,

강지원이

"야 임마, 장가간 놈이 침을 삼키는 걸 보니 장가가니 여자 식성이 좋아졌 구나."

라고 하여, 사무실이 온통 웃음바다가 된 일이 있었다.

당시를 생각하면, **강지원**도 미소가 그려지고 있었다.

강지원이 **민우**에게,

"**민우**야, 붕어 다 잡으려면 시간이 좀 걸리니, 우리 반가운 아가씨에게 커 피 한잔 타드려라. 덕분에 나도 한잔!"

하면서 **민우**에게 부탁하니 **민우**가 차에 올라와 커피를 끓여 **강지원**과 **민 유정**에게 준다.

민유정은 우연히 만난 두 사람 덕분에 오전의 근심은 다 사라져 버리고 마냥 즐겁기만 하였다.

두 사람은 쓰고 있던 마스크를 풀고 커피를 마시자 모두 상대방을 볼 수 있었다.

강지원이,

"요즘 재미는 있으세요?"

라고 묻자,

민유정의 표정은 바로 어두워지면서,

"아녜요. 요즘은 모든 것이 너무 힘들어요. 나도 모두 정리하고 붕어빵이나 팔아야겠어요."

라고 말하자,

지원이,

"요즘은 모든 것이 힘들어요. 이럴수록 이기셔야 합니다. 제가 봤을 때 **유정** 씨는 충분히 이기실 수 있는 능력을 가지고 계신 분이에요."

하며 **지원**이 말하자,

유정은 **강지원**도 자신의 이름을 기억하고 있는 것이 너무도 반가웠다.

그때 주문 전화가 오자 **민우**가 빨리 주문 전화를 받아 상품을 준비하여 배달하러 출발한다.

그러자 **민유정**이,

"저, 고개 들어 위를 보면서 **지원** 씨 하고 얘기하려니 너무 힘들어요. 제가 그리 올라가면 안 돼요?"

하자 **강지원**이,

"에구, 여기는 금녀의 지역인데, 할 수 없죠. **민유정** 씨만 특별히 허락하지요."

라고 하자 **유정**이 뒤로돌아 버스 위로 올라간다.

그러더니,

"어머 남자들이 계시는 곳치고 너무 깨끗해요." 하며 잘 정돈된 실내를 보고 너무 놀란다.

그러면서,

"정말 어떻게 된 거예요. 그 회사 정말 좋은 회사 같았는데 갑자기 그만두시는 바람에 정말 놀랐어요."

그러자, **지원**이,

"그럴 만한 일이 있었어요."

그러자 **유정**이,

"말씀 좀 해 주세요. 너무 궁금해요."

"비겁한 이 사회가 너무도 싫었어요. 자신들 살려고 회사에 들어온 지 얼마 되지도 않은 저 어린 **민우**에게 현장의 사고 잘못을 뒤집어씌우고, 거기까진 좋은데, 자신들 대신 **민우**가 벌을 받고 나오자 후환 때문에 은혜에 대한 보답은커녕 회사에서 잘라내는 비겁함에 그것을 보다가 분노를 참지 못하고 회사를 다 뒤집어 버리고 나도 나와 버렸답니다."

"그런 일이 있었군요. 너무 슬퍼요."

라고 하자,

지원이 다시,

"아니, 나오고 나니 너무 후련했어요. 겨우 저런 놈들하고 내가 같이 있었다는 것이 바보 같아 보였어요. 그 후, **민우**는 그런 경력을 가지고는 어디 취업도 할 수 없기에 같이 데리고 있으려고 이 일을 하게 되었습니다."

그러자 **민유정**이,

"참으로 대단하세요."

그러자 **지원**이,

"에구 힘들어. 이제 다 만들었네요."라고 하니,

유정이,

"좀 천천히 만드시지 않구요. 일부러 저 빨리 쫓아내려고 서두르신 거지요?"

하며 빵 봉지를 받더니 자기의 명함을 **지원**에게 준다.

명함을 받은 **지원**이,

"나는 명함도 없는데 어떡하지요?" 하더니,

"아 여기 홍보용 전단지가 있네요. 이거라도 가져가시죠."

그러자 **유정**이 정성껏 접어 가방에 넣는다.

그러면서,

"오늘 정말 반가웠어요. 그리고 빵만 사러오면 우리 **지원** 씨 보러 올 수 있으니 너무 좋아요. 안녕히 계세요."

하고 인사한 뒤 차를 타고 출발하였다.

그 뒤를 **지원**은 빙그레 웃으며 바라보고 있었다.

3. 역겨운 우리 사회

며칠 뒤, 금요일 오전.

민유정은 유진건설 **최 사장**을 찾았다. 이곳에는 처음 와 보는 **민유정**이다. **최 사장**부친의 큰 빌딩에 있는 유진건설은 사무실 규모도 엄청났다.

비서실에 가자 비서들이 반갑게 맞아 주었다. 비서실 응접실에서 잠깐 기다리자 여비서가 **민유정**을 사장실로 안내하였다.

유진건설 **최 사장**은 이번이 두 번째 만나는 것이다. 첫 번째는 현장에서 잠깐 본 적이 있을 뿐이다.

40대 후반의 **최 사장**은 전형적인 재력가의 2세다운 모습의 치장을 하고 있었다.

민유정이 들어가자 중앙의 사장 소파에 앉아 거만하게 손짓을 하면서 옆쪽 테이블 **소파**에 앉으라고 권한다.

민유정이

"안녕하셨습니까? 오랜만에 뵙겠습니다."

하며 인사를 하고 소파에 앉았다.

그러자 **최 사장**은,

"오랜만에 뵈니 전보다 더 아름다워지셨습니다."

하며, 처음부터 엉뚱한 말로 **민유정**을 당혹스럽게 하였다.

"에구, 과찬이십니다. 이제 좋은 시절은 다 끝난 나이입니다."

그러자,

"지금 어떻게 되십니까?"

"네 이제 30이 한참 넘었어요."

"아~ 이제 아름다움이 한창 무르익을 나이입니다."

민유정은 이상하게 돌아가는 대화에 표정이 굳어지면서,

"저를 보시자고 하신 이유는요?"

하며 **최 사장**에게 직설적으로 이야기하자 **최 사장**은 의외란 듯이,

"아, 지금 우리가 2,800세대 최고급 아파트를 수주하였는데, 대형 프로젝트이기에 내가 직접 각 분야별 하청업체를 결정하기 위하여 보자고 하였습니다."

하며, 조금은 거만한 표정으로 이야기를 한다. 엄청난 물량이다. 이런 큰 프로젝트라면 2년이 아니라 몇 년은 회사의 운영에 대한 걱정은 하지 않아도 되는 물량이다.

최 사장은 말을 한 후 **민유정**의 표정을 주시하고 있다.

민유정은,

"정말 엄청난 프로젝트이군요. 축하드립니다."

그러자 **최 사장**은,

"어때요, 우리 한 식구가 되어 볼까요?"

그러자 **유정**이,

"아휴, 우리 같은 작은 회사는 언감생심입니다."

이렇게 두 사람은 대화를 이어가다 마지막에 **최 사장**이,

"월요일에 본 프로젝트에 함께할 각 분야별 협력회사를 결정할 것입니다. 사장님 회사도 함께하셨으면 좋겠습니다."

라고 하니,

민유정은,

"그렇게만 된다면 너무도 고맙고 영광입니다."

그렇게 감사의 말을 하자,

최 사장은,

"고맙습니다. 그리고 참! 내일 종합 건설사 몇 곳의 사장들과 골프 모임이 있는데 사장님도 참석하여 주시면 고맙겠습니다."

라는 의외의 말을 **최 사장**이 이야기하자,

민유정은 선뜻 대답을 못 하다가,

"제가 그린에 나가 본 지도 오래되고 하여 괜찮을는지 모르겠네요."

라고 하자,

최 사장은,

"아, 아무런 상관없습니다. 서로 친목을 위한 골프고 앞으로 **민 사장** 사업에도 큰 도움이 될 수도 있을 것입니다."

이러한 **최 사장**의 말에 **민유정**은 할 수 없이 내일 약속을 하고 **유진건설** 사무실을 나왔다.

하지만, **민유정**은 계속해서 무언가 찜찜하고 무거운 마음을 느껴야만 하였다.

다음 날, **민유정**은 약속 장소로 나가 **최 사장**을 만나 **유정**의 차는 그곳에 두고 **최 사장**의 차로 춘천 쪽 골프장으로 향하였다.

골프장에 도착하니, **최 사장** 또래의 세 명의 사람들이 각자의 여인들과 함께 나와 있었다.

순간, **민유정**은,

"이게 아닌데."

생각하며 이곳에 온 것을 후회하는 마음이 생겼다.

막상 그들과 만나서 인사를 하여 보니 어제 **최 사장**이 얘기한 종합 건설 회사의 사장들이 아니고 전부 **최 사장**과 같은 부류의 사람들 같았다.

맑은 하늘 아래 펼쳐진 아름다운 녹색의 골프장이지만, **민유정**에게는 라운딩 내내 꿀쩍 꿀쩍한 갯벌 위에서 보낸 기분이었다.

라운딩을 끝낸 일행은 강남에 와서 식사를 한 뒤, **민유정**의 의견은 듣지도 않은 채 그들의 단골 술집 같은 멤버십 사롱으로 들어갔다.

민유정은 **최 사장**에게 자신은 돌아가겠다고 말하고 싶었으나 하청회사를 결정하는 월요일을 생각하며 지금껏 지옥 같은 일정을 참아 왔는데 여기서 그만둔다면 모든 것이 수포가 되고 또다시 어두움이 가득한 회사가 되기에 이를 악물고 그들을 따라 사롱으로 들어가게 되었다.

난생처음 와 본 초호화 사롱은 은은한 조명 아래 펼쳐진 아름다운 실내 분위기가 **민유정**에게는 무슨 흉가에 온 기분이었다.

최 사장은 골프장부터 시작하여 이곳까지 오는 과정 동안 계속 안절부절 못하고 낯설어하는 **민유정**을 보는 것이 재미있는지 계속 즐기고 있었다.

함께 온 일행들은 모두 이런 분위기에 익숙한 사람들처럼 서로 웃고 떠들고 가끔은 음담패설도 하면서 서로 잔을 주고받으며 함께한 여성들도 서로 술잔을 따르며 그들만의 방식으로 즐거움을 마음껏 즐기고들 있었다.

민유정도 어쩔 수 없이 마신 몇 잔의 술로 얼굴이 벌게지고 있었다.

이때, **최 사장**이 **민유정**에게

"야, **민 사장**! 너도 여기 있는 사람들에게 술 한 잔씩 따라!"

라고 반말로 얘기하자 순간 **민유정**은 정신이 번쩍 드는 것을 느꼈다.

그래서 일어나 가려고 하자,

최 사장이,

"어 이 년 봐라." 하며 팔을 잡는 것을,

"쓰레기 같은 새끼!"

하면서 **최 사장**의 뺨을 세게 때리고 가방을 들고나와 버렸다.

정신없이 밖으로 뛰어나온, **민유정**은 길옆에 서있던 택시를 잡아탔다.

그리고 자리에 앉자마자 하염없이 울기 시작했다.

그러자,

차량을 출발시킨 운전사가,

"손님 어디로 모실까요?"

하자,

민유정은,

"그냥 아무 데나 가 주세요."

하며 계속 흐느낀다. **유정**은 지금 아무런 생각도 없다. 자신이 너무 불쌍한 사람이라는 생각밖에 없었다.

그러자 다시 운전사가,

"손님, 진정하시고 가시는 곳을 말씀해 주세요."

하자 그때서야 정신을 차린 **민유정**이 집 방향을 알려 준다.

운전사는 차를 돌려 **유정**이 알려 준 방향 쪽으로 가기 시작했다.

유정의 흐느낌은 계속되고 있다.

그러다,

문득,

"죽고 싶다."

하는 생각이 들면서 병환 중인 **어머니** 생각도 난다.

"아, 이 모습으로는 집에 가서 **어머니**를 볼 수가 없는데…."

'회사로 갈까?'

하다가 문득 한 사람이 생각났다.

"보고 싶다."

"아직 그곳에 계실까?"

생각한 **민유정**은 기사에게 차를 다시 **강지원**의 매장 쪽을 가르쳐 주고 부탁을 한다.

4. 사랑의 특급열차

매장을 닫으려 한참 **민우**와 정리를 하던 **지원**은 이 늦은 밤에 택시가 앞에 와서 서자 놀라서 쳐다본다. 그러다, 택시에서 내리는 **민유정**을 보자 더욱 놀란다.

강지원이,

"어 가게 문 이제 닫으려 하는데 이 시간에 **유정** 씨가 웬일?"

하며 얘기하려는데, **민우**가 있는 것도 아랑곳 않고 **유정**은 **지원**의 품으로 안기면서 흐느끼기 시작한다.

순간의 상황에 어이가 없는 **지원**은,

유정의 등을 살살 두드리며,

"**유정** 씨, 무슨 일 있어요?"

해도 **유정**은 아무 말도 없이 **지원**의 품에서 계속 흐느끼기만 한다.

그러자 **지원**은 **민우**에게 손짓으로 정리하라고 하며 빨리 들어가라고 한다. 이에 **민우**는 밖의 테이블을 정리하고 돌아갔다.

한참을 **지원**의 품에서 울고 난 **유정**은 품에서 떨어진 뒤,

"놀라셨죠? 나, 바보 같죠?"

하며 멋쩍은 미소를 띠운다.

"자, 이리 와요."

지원은 **유정**의 등을 잡고 푸드 버스 뒤로 해서 버스 안으로 들어가 좌석에 앉게 한 뒤 시원한 과일 주스를 한잔 갖다 주며 **유정**의 앞쪽 좌석에 앉았다.

"무슨 일 있었어요?"

하며 **지원**이 묻자,

유정은 다시 울기 시작한다.

이를 본 **지원**은,

"무슨 안 좋은 일이 있었구나." 하고 생각하면서 **유정**이 편히 쉴 수 있도록 좌석을 뒤로 재껴 주고 밖으로 나와 나머지를 정리하고 밤하늘에 높이 떠 있는 상현달을 쳐다보고 있었다.

몇 년 전에 회사에서 업무차 몇 번 만난 후 며칠 전 단 한 번 만난 여인인데…….

그런데, 왠지 남 같지가 않았다.

얼마나 지났을까?

한참을 밤하늘을 바라보며 지나간 일을 생각하며 과거 속을 헤매고 있는데 **유정**이 조용히 옆에 와서 팔짱을 낀다.

둘이서 한참을 밤하늘과 함께하다 **유정**이 **지원**의 앞으로 와서 두 손으로 **지원**의 양팔을 잡으며,

"나 정말 바보 같죠?" 하며 처음과 같이 얘기하자,

지원이 말을 놓으며,

"맞아, 완전히 바보야!"

라고 하자,

유정은 다시 **지원**의 품에 안겨 온다.

아름다운 밤하늘이 두 사람의 시간을 당겨 주고 있었다.

어느 정도의 시간이 지나자 **지원**이,

"이제 들어가야지."

하며 얘기하자,

유정이 고개를 살래살래 흔든다.

"안 돼, 이곳에 오래 있으면 병나."

그렇게 말한 **지원**은 "**푸드버스**"의 문을 잠그고 자신의 차에 가 운전대에

앉아, **유정**에게 타라고 한다.

유정이 차에 타자,

지원이

"집이 어느 쪽이야?"

그러자 **유정**이,

"저 오늘 집에 못 들어가요."

"그게 무슨 말이야?"

"이런 꼴로 **어머니** 얼굴을 뵐 수 없어요."

"에구, 미치겠네. 그럼 할 수 없지."

하면서 **지원**은 차를 운전하기 시작했다.

잠시 후 차는 작은 아파트 단지로 들어가 주차장에 세우고 **지원**은 자신의 아파트로 **유정**을 데리고 들어갔다.

지원의 아파트로 들어온 **유정**은 신기한 듯 이곳저곳을 살펴본다.
지원은,
"내가 이 아파트로 온 것이 5년인데 그동안 이곳에 온 사람은 딱 한 사람, 오늘 처음이야."
그러자 **유정**이 놀라며,
"그럼 제가 처음이에요? 와 너무 기분 좋아!"
하면서 이전의 우울했던 표정은 간데없고 밝은 표정이다.

지원이 차를 끓여 와서 소파에 앉으면서,
"**유정** 씨, 무슨 일이 있었는지 말해 봐!"

유정은 금방 표정이 어두워지면서 회사의 어려운 상황, 그리고 오늘 **유진 건설 최 사장**과의 골프장과 사롱 이야기 등 모든 이야기를 하면서 계속 눈물을 흘린다.

유정의 이야기를 다 듣고 난 **지원**은,
"쓰레기 같은 놈! 그래, **유정** 씨 모든 것 다 잊어버려!"
하면서 티슈로 눈물을 닦아 주자 **유정**은 다시 **지원**의 품속으로 안기며 운다.

그리고

잠시 후,

유정은,

"저 이제 모든 걸 정리하고 싶어요. 정말 너무 너무 힘들어요. 모든 거 정리하고 나도 **지원** 씨와 붕어빵이나 팔구 싶어요."

그러자 **지원**이

"크크 붕어빵 파는 건 쉬운지 알아?"

"그래두요."

"**유정** 씨 잘 들어! 중요한 건 지금부터야. **위기는 곧 기회**이기도 한 거야. **유정** 씨 회사는 내가 잘 알아, 내가 일어날 수 있도록 도와줄게!"

"아네요, 저, 이제 정말 자신 없어요."

"아니야, **유정** 씨라면 충분히 가능해."

그러자 **유정**이 다시 **지원**에게 안기면서,

"싫어요, 저 정말 이렇게 **지원** 씨에게 안기며 살고 싶어요. 저 사실 몇 년 전 **지원** 씨 회사에서 첫 미팅할 때부터 **지원** 씨가 너무 깊이 제 마음속에 들어왔어요. 그 뒤 다시 회사에 갔을 때 **지원** 씨가 없어서 얼마나 슬펐는지 아시기나 해요?"

"으이그, 결국 내가 죽일 놈이네, 그러다 나중에 후회하게 돼."

"아네요, 절대로요."

"좋아!"

하면서 **지원**은 유정의 입에 키스를 하자 **유정**도 뜨거운 키스로 답한다. 그러자 뜨거워진 **지원**이 유정을 안고 침실로 들어가 두 사람은 결국 뜨거운 한 몸이 되어 버리고 말았다.

잠시 후, **유정**이 욕실에 들어가 몸을 씻자 **지원**은 침대를 정리하다 깜짝 놀란다.

침대에는 새빨간 핏자국이 떨어져 있었다. 충격이었다. 벌써 30대 중후반의 여인인데, 이럴 줄 알았다면 이렇게 하는 게 아닌데, 정말 큰 죄를 진 기분이다.

지원은 옷을 벗고 **유정**이 있는 욕실로 들어갔다.

지원이 들어가자 **유정**이 수줍은지 무의식적으로 두 손으로 앞을 가린다.

유정의 앞으로 다가간 **지원**은 아무 말도 안 하고 **유정**의 몸을 정성껏 씻어 준다.

유정은 조용히 눈물을 흘리다, **지원**이 자신의 몸을 다 씻기자, 이제는 **유정**이 **지원**의 몸을 정성껏 씻어 준다.

몸을 다 씻은 두 사람은 다시 침실로 와서 뜨거운 포옹으로 새로운 사랑을 시작한다.

그동안 두 사람은 단 한 마디의 말도 하지 않았다.

잠시 후 뜨거운 사랑의 향연이 끝나자,

유정이,

"여보." 하며 부르자

지원이 미소로 답한다.

이렇게 두 사람은 그 어느 첫날밤보다 아름답고 성스러운 첫날을 보냈다.

지원의 팔에서 잠이 깬 **유정**이 **지원**을 바라보자 **지원**은 웃으며 **유정**을 쳐다보고 있었다.

이에 **유정**이,

"왜 일어 나셨으면 나를 안 깨웠어요?"

하니 **지원**이,

"응, 자는 모습이 너무 예뻐서."

라고 하자,

유정이 또다시 **지원**의 품을 파고든다.

작은 식탁에는 **유정**이 처음 만난 주방에서 처음 요리를 한 간단한 양식 메뉴의 아침이 차려졌고 **지원** 또한 처음으로 다른 사람이 해 준 아침식사를 대하고 있었다.

유정은 어제의 근심 걱정은 다 잊어버린 듯 계속 행복한 얼굴로 **지원**을 바라보고 있다.

행복한 아침식사를 마친 두 사람은 느긋한 아침, 햇빛이 밝게 비치는 거실 소파에서 커피를 마시며 생애 최초의 가장 아름다운 일요일 아침을 즐기고 있었다.

그때 분위기를 깬 것은 **강지원**이었다.

"**유정**아, 회사는 어떻게 하려고?"

하자,

"정리하고 이렇게 당신하고 살려구요. 저 이제 진정한 행복을 찾은 것 같아요. 제가 혼자 있다 보니 **어머니**도 계속 걱정을 많이 하셨는데 이제 효도도 할 수 있을 것 같아요."

그러자 **지원**이,

"**유정**아, 당신 행복도 중요하지만 몇 년이란 긴 시간 동안 당신을 믿고 의지한 직원들도 중요한 것이야."

그러자 **유정**은,

"맞아요, 그것도 매우 중요한 것이지요. 하지만, 지금의 국가와 사회의 현실이 너무 어두워 희망이 전혀 보이지가 않아요. 그래서 저는 회사의 자산을 모두 정리하면 직원들에게 넉넉하게 나누어 줄 수 있을 것 같아요."

"그래, 그것도 좋은데 직원들은 그래 보았자 잠깐이야. 그 뒤는 이 험한 세상에 취업하러 다니면서 고생을 할 수밖에 없어. 그래서 나도 회사에서 버림받은 **민우**란 녀석이 너무 불쌍해 그 누구나 부러워하던 내 위치의 직장을 차 버리고 그 녀석과 함께 나온 것이야."

그 말을 들은 **유정**은 **지원**의 말뜻을 이해할 수 있을 것 같았다.

"그럼 제가 어떻게 해야 돼요?"

"우리 **유정**이가 끝까지 해내 봐. 어쩜 오늘 우리 아기가 만들어졌다면 엄마를 닮을 수 있도록."

그러자,

유정이,

"와~ 정말, 나한테 오늘 애기 줬어요?"

하며 깔깔댄다.

"여보, 이제 내가 어떻게 하면 되죠?"

"응, 끝까지 가는 거야. 그래야 배 속에 아기도 강하게 클 수가 있어!"

"그럼, 당신이 맡아서 해 주면 안 돼요?"

"아니 나는 끝까지 붕어빵 팔 거야. 그래야 우리 아기 나면 붕어빵 실컷 먹이지."

그러자 **유정**은 또 깔깔 웃으며 재미있어한다.

잠깐 시간이 흐른 후,

지원이

"자 지금부터 내가 그림을 그려 볼 테니 우리 한번 해 보자구."

그러자 **유정**이,

"좋아요. 당신이 있는데 그까짓 것 뭐가 걱정이에요. 우리 한번 가 봐요."

지원은 무언가 계속 곰곰이 생각하고 있다.

유정은 집에 전화를 하여 **가정부**에게 별일 없냐고 물은 다음, **지원**의 곁에 와서 **지원**의 어깨에 머리를 대고 편안하게 앉아 있다. 너무도 행복한 표정이다.

그러면서 **유정**은,

"오늘 이 사람하고 집에 가서 **어머니**에게 인사 시켜드릴 거야!"

하며 혼자 행복한 그림을 그리고 있었다.

이렇게 **유정**의 생은 불과 며칠 만에 극과 극을 달리고 있었다.

5. 가족 품으로

지원과 **유정**은 식탁테이블에 마주 앉아 있었다. **지원**은 A4용지에 펜을 들고 메모한 것을 **유정**에게 설명하기 시작했다.

먼저 **지원**은,

"지금 회사는 이 상태로는 정상적인 경영이 불가능할 것 같다. 이것은 비단 이 회사뿐 아니라 대부분의 회사가 지금과 같은 어두운 경제 상황에서는 불황을 겪고 있는 것이 지금의 현실이다. 이에 다른 사업적 방향 전환이 필요할 거야."

이렇게 이야기를 하자,

유정이,

"여보, 그럼 어떻게 해요? 인테리어 사업을 접어야 하나요?"

그러자,

지원이 웃으며,

"천만에, 그것은 우리 **유정**의 전문 분야인데, 그것을 접으라 한다면, 옳다 잘됐구나, 하면서 모두 접어 버리게!"

하자,

유정이 또 깔깔대고 웃는다.

"내가 이야기하는 건 지금보다 한발 더 나아간 인테리어 사업을 하자는 것이야. 즉, 기존에 하던 인테리어 설계와 시공만이 아닌, 실내설계에 가구, 가전, 실내 액세서리 등, 모든 것이 포함된 토탈 인테리어 사업을 구상해 보자는 것이야."

그러자 **유정**이,

"어머 그것이 가능하겠어요? 그럼 사업의 영역이 어마어마하게 더 커지겠네요."

"사업 규모는 더 커지는 것 같겠지만 실제 시행은 더욱 간단해질 수도 있지. 지금 머릿속으로 그림만 그렸는데 실제로 실무진과의 협의가 필요한 문제일 거야. 여하튼 지금 가장 중요한 것은 현재 회사의 내부 문제의 정리가 중요한 것으로 생각해. 지금 회사의 위기 상황을 이야기하고 떠날 사람, 계속 미래를 위하여 함께할 사람을 구분하여 정리한 다음 업무 분야를 다시 정리하는 등 물론 그 이전에 앞으로 회사의 업무추진 방향, 또, 그에 따른 세부 기술적인 문제의 그림, 등 기본적인 레이아웃은 하루 이틀 만에 끝내야 할 거야!"

이렇게 **지원**이 얘기하자,

유정이

"그렇게 빨리요? 오늘 집으로 **어머니**에게 당신 인사드리러 가려고 했는데."

"당연히 가야지, 문제 될 것이 뭐 있어. 우리 예쁜 **유정**을 낳아 주신 **어머니**한테 인사드리는 것보다 더 급한 게 뭐 있어, 조금 있다 다녀오자구. 아니야, 자기 집에 갔다가 다시는 여기 오지 않으려 하면 어쩐다?"

그러자 **유정**이 다시 깔깔 웃으며,

"역시 당신은 쿨!~ 내가 여기 오지 않는다고 하면 당신이 거기에 있으면 되지 뭐! 오늘도 우리 아기 만들어야 되니깐요! 아녀요?"

하며 또 깔깔 웃는다.

그날 정오쯤 되어 **지원**과 **유정**은 **유정**의 집에 가기 위하여 아파트 주차장으로 갔다. 오랜만에 정장을 입은 **강지원**의 모습은 예전에 **지원**의 회사에 처음 방문했을 때 본 당시와 같은 멋진 신사의 모습이었고 그 모습을 본 **민유정**은 너무 좋아 어쩔 줄을 모른다.

주차장에 간 **민유정**은 무의식적으로 가방에서 자동차 키를 찾다가,

"아, 내 차!"

하며 깜짝 놀란다. 다시 한번 그날의 악몽이 되살아나는 것 같았다.

지원이

"왜, 차는?"

하고 묻자,

"차를 어제 그 주차장에 두고 왔어요."

하자, **강지원**이,

"뭐 걱정이야, 지금 나하고 같이 가서 찾아오면 되지."

하니

"저 죽어도 그곳에 가기 싫어요."

"괜찮아, 내가 가지고 나올게!"

"**유정**이 이 차를 몰고 가!"

하자 **유정**이,

"**유정**이 뭐예요, 이제 당신이라고 하면 안 돼요?"

하니,

지원이,

"아니 조금 있다. 붕어빵 엄마라고 할게."

그러자 **유정**이 또 깔깔댄다.

차는 **유정**이 운전하여 **최 사장**을 만난 주차장까지 갔다.

그곳에서 **지원**이 **유정**에게 키를 받아 **유정**의 차를 가지고 나와 **유정**에게 앞에서 가라고 하고 **지원**은 그 뒤를 쫓아갔다.

잠시 후 두 사람은 **유정**의 집에 도착하였다. 강남 주택가의 제법 큰 3층 양옥이었다.

두 사람이 안으로 들어가자 **가정부** 아주머니가 반갑게 맞는다. 아주 인상이 좋은 중년의 아주머니였다.

집 안으로 들어간 두 사람은 **지원**이 응접실 소파에 앉아 있자 잠시 후 **어머니** 방에 들어갔던 **유정**이 나와 **지원**과 함께 **어머니** 방으로 들어갔다.

10년 동안 투병하고 계시는 **어머니**지만 깨끗하고 단아한 모습이었다. 60대 중반의 **어머니**는 아직도 아름다움이 남아 있었다.

자리에 일어나 앉아 계셨던 **어머니**는 **지원**을 반갑게 맞아 주셨다.

듬직한 체구의 잘생긴 외모, 그리고 좋은 인상, **지원**을 처음 본 **어머니**는 너무도 좋아하시며,

"반가워요."

하며 먼저 인사를 주셨다.

어머니 앞에선,

지원은,

"안녕하셨습니까? 인사드립니다. 저는 **강지원**이라고 합니다."

하면서 예의 넘치는 큰절을 드렸다.

그런 다음 **지원**과 **유정**이 앞에 앉자, **어머니**는

"두 사람 너무 잘 어울리는 것 같구나. 그래 가족은 어떻게 되나요?"

그러자 지원이,

"**어머님** 말씀 낮춰 주세요. 저는, 혼자입니다. 부모님은 어릴 적 사고로 모두 돌아가셨습니다."

하자,

유정도 **어머니**도 모두 의외라는 듯,

어머니는,

"그랬군요. 그러면서도 너무 잘 성장하신 것 같아요. **정**아 너 그래도 사람 보는 재주가 있네, 지금껏 남자라고는 쳐다보지도 않으며 이제까지 있은 걸 보니 네가 **강 서방** 기다리느라 그런 것 같구나."

하며 웃으시니,

유정이,

"역시 우리 **엄마**야!"

하면서 웃는다.

이렇게 세 사람은 즐겁고 행복한 첫 만남의 시간을 갖게 되었다.

어머니 방을 나와 두 사람은 2층의 **유정**의 방으로 갔다. 큼직하고 화려한 방이었다.

유정의 방에 들어가자,

유정이

"여보, 당신 정말 혼자였어요?"

지원이 그냥 고개만 끄떡이자, **유정**은 다시 지원에게 다가와 끌어안는다.

"여보, 나 정말 당신 절대로 외롭게 하지 않을 거예요. 그리고 우리 **아기**

들도 많이많이 나을 거예요."

그러면서 또 울먹인다.

그것을 본 **지원**이,

"에구 멍청한 **유정**이~"

하면서,

길고 깊은 입맞춤을 해 주고 있었다.

6. 도전의 스케치

월요일 아침, **YJ인테리어** 사무실.

민유정은 커다란 회의실에 직원들을 모이게 했다. 직원들은 **박영수** 팀장으로부터 유진건설 얘기를 들은 것이 있기에 모두 기대를 하는 표정들이었다.

민유정이 입을 열었다.

"오늘 나는 여러분들에게 회사의 끝과 시작을 말하려고 이 자리를 만들었습니다.

여러분들은 오늘 이 자리에서 유진건설과의 프로젝트를 말하려고 모이려는 것이 아닌가? 기대를 하시고 계셨을 터인데 저는 아무리 회사가 위급하다고 할지라도 모든 자존심을 내팽개치고 얻는 비굴한 사업은 하기도, 싫었고 또 그렇게 하면서까지 여러분과 지금까지 키운 우리 회사를 욕보이게 하고 싶지가 않았습니다.

이제 우리 회사는 모종의 결단을 할 시기에 와 있습니다.

그것은 비단 우리 회사뿐만 아니라 지금 국내경제, 아니 전 세계의 경제는 험난한 파도 위에서 어둠속을 헤매이고 있습니다.

이에, 저는 더 이상 지금까지의 방법으로는 도저히 지금의 난관을 극복할수가 없다고 판단하고 새로운 결심을 하게 되었습니다.

몇 달 전까지만 해도 회사의 문을 닫을까 하며 많은 고민도 하였지만, 이제는 여러분들이 지금껏 고생하신 노력을 헛되게 하지 않기 위하여, 좋다. 이 위기를 새로운 도약의 시기로 만들어 보자고 결심하여 **거친파도 속**을 넘는 모험을 단행하기로 하였습니다.

지금 이 시간, 이 모험을 함께할 직원들은 남아서 저하고 험한 파도를 넘어 보시고, 그렇지 않은 직원들은 회사와 작별을 하여도 좋을 것입니다.

회사와 작별을 원하는 직원들에게는 지금껏 고생을 한 대가로 기본 퇴직금 외, 회사가 현재 어려운 상황이고 재무구조도 최악의 상황이지만 최대한의 위로금도 지급할 것입니다. 이 결정은 내일까지 각자 결정하셔서 관리팀에 신청하여 주시기 바랍니다.

새로운 프로젝트 시작 미팅은 이번 주 수요일부터 바로 시작을 할 것입니다. 퇴사를 원하시는 직원 분들에게는 지금 이 자리에서 그동안의 수고와 노고에 감사드리고 아울러 앞으로의 앞날에 행복을 기원하면서 작별인사를 대신하겠습니다.

그동안 정말 감사했습니다. 그리고 고맙습니다."

이 같은 **민유정** 사장의 말이 끝나자 실내는 약간 술렁이면서도 비교적 숙연한 분위기였다.

아침 조회를 마친 **민유정**은 관리팀장에게 후속처리를 부탁하고 바로 사무실을 나왔다.

회사를 나와 **민유정**은 바로 **강지원**의 **"푸드버스"**로 차를 몰았다.
민유정이 도착하자 **강지원**은 웃으며 맞으며,
"이제 출근 하셨습니까?" 하며 맞는다.

그러자 **유정**은,

"정말 힘이 들었어요. 눈물이 나는 걸 참느라 혼도 났어요."

"그래, 수고했어, 시작은 지금부터야. 그리고 이제부터 여기는 우리 회의실이야."라고 말하며 웃는다.

그러자 **유정**도,

"배고프면 붕어빵도 먹을 수 있으니 너무 좋네요. 호호."

이때, 야외테이블 정리를 끝낸 **민우**를 부른다.

"**민우**야, 이제 **민 사장**님 회사가 다시 출범하면 자네도 가서 도와야 되니 이곳에서 일할 수 있는 친구를 몇 명 정도 구해 봐라."

그러자 **민우**가,

"네. 벌써 알아보고 있습니다. 저보다 훨씬 성실한 친구들이 올 수 있을 것 같아요." 하며 웃는다.

"그래 수고했다."

오전 손님이 없는 시간, **지원**과 **유정**은 야외 테이블에 앉아 계속 그림을 그리고 있다. **민우**는 두 사람에게 맞난 커피도 서비스하고… 야외 회의장은 아주 낭만적이었다.

지원이 A4용지에 그려온 메모를 보면서 다시 설명을 한다.

"먼저 상호는 '**원더풀 하우징**'이라고 정해 봤어."라고 하자,

유정이

"아주 멋져요, 우리 아기 이름도 당신이 멋지게 지어 줘요."

하자 두 사람은 똑같이 웃는다.

"그리고 요즘은 메타버스니 4차원 영상이니 하는 것이 대센데 나는 그 부

분은 잘 모르니 그 분야를 잘 아는 컴퓨터 전공자도 알아보는 게 좋을 것 같아." 하더니 무언가 생각난 듯,

"야, **민우**야 이리 좀 와 볼래?" 하고 부르니, **민우**가 주방에서 내려온다.

"자네 친구들 중에 컴퓨터 전문가 있다고 했지."

그러자 **민우**가,

"네 요즘 실직한 똑똑한 전문가들 많이 있어요."라고 하니

"그럼, 메타버스니 3차원영상이니 하는 것도 잘 알겠네?"

그러자 **민우**가,

"그럼요, 얼마든지 있어요."

그러자 **지원**이,

"그럼 빨리 데려와. 너하고 함께 근무해야 할 사람들이니 가급적 네 주위 사람 중 최고의 전문가로 가장 빨리 구해 봐."라고 하자,

민우는 좋아서,

"네 알겠습니다." 하며 다시 주방으로 뛰어갔다.

그것을 보고 **유정**이

"**민우** 군 정말 명랑하고 활발한 청년이에요. 정말 당신 아니었으면 큰일 날 뻔했어요."

하며 흐뭇해한다.

"그런데 여보 컴퓨터 전문가가 그렇게 필요하나요?"

그러자 **지원**이,

"이제부터 내가 그린 그림을 잘 들어봐. 당신은 실내 설계 전문가니 쉽게 이해할 수 있을 거야. 나는 그저 내 상상으로만 그림을 그렸으니 마무리는

유정이 나보다 훨씬 똑똑하고 그리고 이 분야의 전문가이니 내 그림의 스케치가 쓸모 있다면 당신이 아마 완벽하게 완성할 수 있을 거야."

그러자 **유정**이,

"와, 너무 겁주지 마세요. 무서워요."

하며 웃는다.

"아니야, 지금부터 잘 들어. 질문은 없어. 앞으로의 문제는 당신이 풀어야 되는 거야!

인테리어 분야는 지금까지는 거의 전문설계와 시공으로 나누어 진행하였고 그리고 그 분야는 오랜 세월 동안 거기까지였어.

그러나 앞으로는 설계, 시공, 가구, 가전, 조명, 기타 실내소품 등 모든 것을 취급하여 그야말로, 적개는 이사를 하려는 사람부터 시작하여 결혼을 하려는 신혼부부, 새집에 입주하려는 사람 등 개인은 물론, 사무실을 만들려는 회사 등도 고객이 될 수 있는 프로젝트야.

이를 위하여서는 나는 전문가가 아니라 잘 모르지만 지금까지는 인테리어 분야에서도 시뮬레이션이라고 하여 가상의 장소에서 가상의 시설로 사전에 완성도를 점검하고 하는 설계방식이 그래도 현대적인 감각의 운용이라고 하였는데 이제는 그것으로는 1등을 할 수가 없는 시대가 되었어.

이에 지금은 그보다 한 발 나아간 가상현실이나 메타버스 등의 최신 IT기술을 이용한다면 어떨까?

먼저 고객의 이사할 집의 거실 도면을 메인 화면에 놓고, 고객이 가구 카탈로그에서 마음에 드는 사이드 서랍을 선택하면 메타버스의 가구 플랫폼에서 해당가구를 찾아 마우스로 선택하여 메인화면의 거실도면에서 희망위치에 선택한 마우스를 클릭하면 화면상에 해당 가구가 놓이게 되는 방식으로 소파, TV, 조명기기, 기타 등등 원하는 모든 가구를 이런 식으로 해당 거실의 도면에 실제와 똑같이 배치할 수 있도록 함으로써 고객은 자신의 집의 구조나 환경에 꼭 맞는 가구를 이곳저곳에 다니지 않아도 한곳에서 모든 가구와 가전품등을 자신의 집에 꼭 맞는 제품을 그 자리에서 선택할 수 있도록 하는 것에, 본 프로젝트의 가장 큰 장점이 될 수 있을 것이야.

즉, 인테리어와 가구 등 장식품이 한 울타리가 되는 거지."

지원이 여기까지 이야기하자, 눈을 꼭 감고 심각한 표정으로 듣고 있던 **유정**은,

"와~ 정말 멋진 구상이에요. 지금 이 프로젝트는 오래전에 발표된 가상현실의 기술로도 가능하겠지만 현제의 기술로는 충분히 실물과 똑같이 축소된 화면을 그려 낼 수 있어요.

이 기술이라면, 각 가정용품 제조업체의 카탈로그와 고객의 도면 하나면 고객은 여기저기 돌아다니지 않고도 자신의 집에 꼭 맞는 가구나 가전품을 의자에 앉아서 마음껏 골라 가면서 선택하여 구매할 수 있겠네요.

그리고 실내 인테리어도 천정이나 벽, 그리고 바닥의 색도 이것저것 실제로 칠해 가며 가장 마음에 드는 것을 선택할 수 있구요.

정말 '**원더풀 하우징**'에 오면 공사는 물론, 가구, 가전제품 의 선택까지 한번에 끝내 줄 수가 있는 프로젝트네요. 따라서 회사는 설계와 시공은 물론, 모든 생활용품까지 판매할 수 있는 토탈 프로젝트로 그야말로 당신이 회사에 주는 최고의 선물이에요. 정말 당신은 천재예요."

그러더니, 배를 두드리며,

"아가, 네 아빠는 천재란다. 너도 천재가 되거라."

하며 웃으니, **지원**도 빙긋이 웃는다.

웃고 난 **유정**이,
"여보 정말 고마워요. 나머지는 이제부터 내가 직원들과 그려 볼게요. 우리 직원들 모두 너무너무 좋아할 것 같아요."

그러자 **지원**이,
"알았어. 그럼 이제부터 나는 붕어 낚시나 열심히 할게!"
그러자 **유정**은 또 깔깔대고 웃는다.

이제 **민유정**의 얼굴에는 근심 걱정이라는 것은 전혀 없이 밝고 환한 아름다움만이 가득하였다.

7. 원더풀 하우징

유정은 오랜만에 **어머니**와 아침식사를 하고 있다. 그동안 회사 일로 항상 아침도 먹지 못하고 출근을 하고, **어머니**도 늦게 가정부가 차려온 간단한 식사로 대신하시기에 두 사람이 아침식사를 같이 하는 날은 거의 없었다.

요 며칠, **어머니**의 표정은 한층 밝아지신 것 같았다. 얼마 전 병원에 같이 다녀온 **가정부**의 얘기는 담당 의사가 **어머니**의 병세가 기적처럼 많이 호전 된 것 같다고 하시며 이제는 조금씩 움직이게 하시는 생활을 하여 보라는 말을 듣고 **유정**은 너무도 반가웠다.
아버지 돌아가신 후 심장기능이 갑자기 나빠지면서 뇌기능까지 망가지 는 심혈관질환으로 거의 운신을 못 하고 누워만 계신 **어머니**다.

딸이 챙겨 주는 반찬을 잡수시는 **어머니**의 행복해하시는 모습을 보며 **어 머니**가 정말 많이 좋아지신 것 같다는 생각이 든다.

어머니는,
"**강 서방**은 언제 만난 사람이니?"
하고 물으시자,
유정은,
"만나기는 3년 이상 된 것 같아요. 그러나 그동안 서로 뜸했다가 최근에 가까워졌어요."

"그래, 오래되었구나. 헌데 지금 뭐하는 사람이니?"

그러자,

유정은 웃으며,

"붕어빵 팔고 있어요."

그 말을 들은 **어머니**는 놀라면서,

"뭐, 붕어빵!"

그러시며 약간 얼굴을 찌푸리신다. 약간은 실망을 하신 모습이기도 하다.

그러자 식사를 끝낸 **유정**이 **지원**과 **민우** 관계의 이야기를 자세하게 **어머니**에게 해 드린다.

유정의 이야기를 다 듣고 난 **어머니**는,

"그러면 그렇지. 정말 정직하고 정의로운 사람이구나. 내가 잠깐 잘못 생각했단다. 붕어빵을 팔면 어때, 중요한 건 사람이지…."

그렇게 말씀하시자 **유정**이 애교스럽게,

"그렇지? **엄마**~!" 하며 환하게 얘기한다.

그러자 **어머니**께서 다시,

"그럼 이제 결혼식이라도 해야 되는 거 아니니?"

유정이,

"**어머니**, 그이나 저나 친척이라고는 아무도 없어요. 그래서 형식적인 결혼보다, 두 사람 마음으로 결혼하기로 했어요. **어머니**에게 묻지도 않고 저희끼리 결정해서 죄송해요."

라고 하자 **어머니**는,

"아니다. 나도 그리 생각한단다. 단지 너희들 입장에서 내가 해 본 소리란다."

"고마워요, **엄마**."

하며 **유정**은 **어머니**에게 다가가 **어머니**를 안는다.

잠시 후 **어머나**는,

"**유정**아 **강 서방** 아예 이곳에 와서 살라고 해라. 이 큰 집, 너무 조용해서 더욱 외로운데 **강 서방**이 오면 조금 밝아질 것 같구나."

라고 하시자,

유정도,

"**어머니**, 사실 저도 그럴 생각이에요. 하지만, 그 사람 자존심이 상할까 봐 조금 조심하는 것뿐이에요. 빠른 시간 내에 제가 그 사람 목을 잡아끌어서라도 이곳으로 끌고 올게요."

이렇게 얘기하자, **어머니**도 밝게 웃으시며,

"에구 너, 그러다 **강 서방**한테 혼나려구?"

하며 두 사람은 오랜만에 즐거운 대화를 이어 갔다.

수요일 아침, YJ인테리어의 회의실에는 전 직원이 모여 있었다. 퇴사를 신청한 직원은 고작 2명뿐이었다. 나머지 직원들도 잔류를 한다고는 하였지만 대부분은 어쩔 수 없는 선택이었기에 모두의 표정은 어둡기만 하였다.

잠시 후 **민유정** 사장이 **관리팀장**, 그리고 **김민우**와 함께 들어왔다.

김민우는 어제 자신이 데려온 친구들에게 "푸드버스"에 대한 교육을 시키고 오늘 민유정의 회사에 온 것이다. 직원들은 새로 온 김민우와 너무도 밝은 사장의 얼굴을 보고 조금은 의아해하기도 하였다.

전체 회의가 시작됐다.

먼저 관리팀장이 사직한 직원을 발표하였다. 그리고 오늘 새로 온 김민우를 직원들에게 소개한 뒤 바로, 지난 월요일에 예고한 대로, 민유정 사장의 프로젝트 설명이 시작되었다.

"먼저, 회사의 쇄신을 위하여 우리 회사의 'YJ인테리어'라는 회사명을 '원더풀 하우징'으로 바꿀 것입니다.

'원더풀 하우징'이란 지금까지 우리가 하여 온 인테리어 설계만을 하는 것이 아니라, 그 인테리어에 맞는 가구서부터 가전제품과 조명 그리고 각종 실내 장식 소품까지 고객의 취향에 맞게 제공하는 홀 서비스 프로젝트 회사입니다."

사장이 거기까지 이야기하자, 직원들 표정은 놀라면서도 어떻게 그것이 가능할 것인가 하는 표정들 같았다.

민유정 사장의 이야기는 계속 이어졌다.

"여러분들은 이것이 어떻게 가능할 것인가 생각하시는 분들이 대부분이라고 생각합니다. 그것을 가능케 만드는 것이 곧 생각이라고 할 수 있을 것입니다.

저는 지난번 여러분들께 위기를 기회로 만드는 지혜가 지금의 우리에게 꼭 필요한 것이라고 말씀드린 바 있습니다. 그것을 위하여 저는 그간 많은 생각과 노력을 하여 왔습니다.

이에, 지금은 겨우 추상적인 그림만 그렸을 뿐입니다. 이제부터 제 얘기를 들으시고 가능하다고 판단들이 되신다면 그 그림의 완성은 우리 모두가 하여야 할 숙제입니다.

이제부터 여러분들은 제 이야기를 들으시면서 좋은 의견이나 문제점 등을 각자의 테이블에 놓여 있는 메모지에 적어 주시기 바랍니다.

그럼 본론으로 들어가겠습니다. 이 프로젝트의 추진을 위하여 필요한 것은, 저는 아직 이 부분에는 문외한이지만, 가상현실이나 메타버스와 같은 첨단기술들을 필요로 하고 있습니다.

우리는 지금까지 수백 년 동안 이어 온 도면에만 의지하여 왔습니다. 어떻게 생각하면 새로운 사업은 우리가 지금까지 하여 온 사업과는 극과 극을 달리는 사업 같지만 다른 한편으로 생각하면 동종의 사업이라고도 생각합니다.

자~~ 지금부터 잘 들어 주십시오. 여기 거실의 도면이 있습니다. 이것의 데이터를 메인 플렛폼에 저장합니다.

또, 수십 가지의 각종 거실 가구의 데이터가 있습니다. 이것은 또 다른 플렛폼에 저장합니다.

또, 수십 가지의 TV 등 가전제품이 있습니다. 이것 역시 또 다른 플렛폼에 저장합니다.

이런 식으로 다양한 품목의 거실용품을 각기 다른 플렛폼에 저장을 합니다.

그리고 고객이 새로 이사할 집의 인테리어를 위하여 우리 **'원더풀 하우징'**에 왔습니다. 우리의 고객 상담실에는 초대형 화면의 모니터와 각종 제품의 카탈로그가 있습니다.

먼저 인테리어를 할 고객의 거실 도면을 메인 플렛폼에 입력합니다. 그러면 화면에는 거실의 구조가 나타나고 나타난 화면의 비율이 저장됩니다.

그럼 1차로, 벽지나 바닥재 천장재 등의 카탈로그를 보고 고객이 재질, 칼라 등을 선택합니다. 그러면 거실 모양이 있는 메인 플렛폼에 입력하면 화면에는 그 내장재로 시공한 거실 모양이 나타나게 됩니다. 이렇게 다양한 칼라, 재질 등을 넣어 보고 고객이 최종 선택한 것을 입력합니다.

다음은 가구입니다.

고객이 자신의 취향에 맞는 가구를 카탈로그에서 선택하면 그 가구 역시 해당 플렛폼에 입력하면 내장시공이 끝난 거실에 놓인 모습이 화면에 나타나게 됩니다.

이때 역시 최초 거실 도면에 저장된 비율로 정확히 축소되어 화면에 나타나기에 물론 제품들의 카탈로그 사진이 촬영 방향에 따라 조금은 차이가 날 수도 있겠지만 지금 최첨단이라고 하면서 일부 설계 분야에 적용하고 있는 시뮬레이션 방식보다는 훨씬 발전된 거의 실제와 똑같은 거실에 있는 가구의 모양을 볼 수 있습니다.

이런 식으로, 모든 부분의 제품과 제품의 위치 등을 해당 플렛폼에 입력하면 최종 화면에는 고객이 원하는 완성된 거실의 모양을 볼 수 있는 것입니다."

민유정 사장이 여기까지 이야기하자, 모든 직원들은 놀라서 입을 다물지 못하고 있다가 모두 일어나서 박수를 보내고 있다.

민유정 사장의 이야기는 계속 이어졌다.

"호호. 아직 여러분들의 박수 받기는 이른 것 같아요. 처음 말씀드린 바와 같이 아직은 극히 추상적인 단계입니다.

먼저, 이 프로젝트를 완성하기 위하여서는 최고 기술의 강력한 IT팀이 구성되어야 합니다.

그래야 수많은 플랫폼을 제작하고 또한 홍보를 위한 3차원의 홈페이지와 앱, 그리고 이를 커버할 수 있는 시스템이 구축되어야 합니다.

다음은, 마케팅팀이 구축되어 모든 생활용품의 분야별 생산 회사의 홍보와 실질적 마케팅을 위한 초기의 각 매체를 이용한 홍보를 하여야 할 것입니다.

그리고 가장 중요한 것은, 이 정든 사무실을 이전하여야 합니다. 본 프로젝트는 수많은 실수요자가 직접 회사를 방문함으로써 마케팅이 이루어질 수 있습니다.

이에, 많은 차량의 주차가 용이한 외곽지역에 단독 건물을 얻어야 하며, 그 건물에는 다양한 실수요자 측면의 인테리어로 각 사무실을 꾸며야 할 것입니다.

이와 같이, 본 프로젝트를 만들기 위한 준비 작업은 엄청난 것입니다.

그래서 오늘부터 조직을 개편하고 각 부서별로 오늘 당장 시행하는 것을 부탁드립니다.

이를 위하여, 우리는 많은 야간작업과 휴일 근무도 하여야 하지만, 조금 전에도 말씀드린 바와 같이 본 프로젝트를 추진하기 위한 준비자금도 엄청난 금액이 소요됩니다.

이에 어쩌면 초기에 고생하는 여러분에게 만족한 수당을 드리지 못할 경우도 있을 것입니다. 만약 그러한 일이 생긴다면, 이에 대한 것은 관리팀에서 꼼꼼히 체크하여 훗날 보상하도록 하겠습니다. 이상입니다.

다음은 조직 편성이 확정되는 대로 관리팀에서는 1차 새로 입주할 건물의 조사부터 시작하고 각 팀은 세부실행계획을 만들어 가급적 신속하게 추진하여 주시기 바랍니다."

　이렇게, **민유정** 사장의 이야기가 끝나자, 모든 직원들은 미래를 그리며, 힘찬 출발을 환한 표정으로 나타내고 있었다.

8. 또 다른 행복

회사의 회의를 마치고 기타 업무를 끝낸 **민유정**은 회사를 나와 곧바로 **지원**에게 가고 있었다.

"푸드버스"의 **지원**은 새로 온 청년들에게 어제에 이어 오늘도 각 상품의 조리법 그리고 영업 관련 교육과 함께 거의 모든 실습을 끝내고 두 청년이 조리와 주문 배달하는 것을 지켜보고 있는 중이었다.

이때, **민유정**의 차가 보이고 **유정**이 차에서 내려 **지원**에게 달려와서 새로운 청년들이 보든 말든 지원의 팔을 잡는다.

"여보, 이제 다 끝났어요."
하자 **지원**이,
"끝나긴 뭐가 끝나 회사에 있어야지 여기는 또 왜 와?"
하자,
"쳇, 당신은 내가 보구 싶지도 않았나 보지."
그러자,
"어제 봤으면 됐지, 벌써 보구 싶었어?"
하자,
유정이 작게,

"여보 우리 차로 가요!"

그러자 **지원**이,

"왜~~~~"

하자,

"빨리요."

하면서 **지원**의 팔을 잡아끈다.

차로 가서 두 사람이 차에 올라타자 **유정**이 조금 가서 외진 곳에 차를 세우더니

"여보."

하면서 **지원**에게 안기며 입을 맞춘다.

그리고 입을 떼자,

지원이

"우… 미치겠네."라고 하자,

유정이

"정말 미워 죽겠네."

라고 하자

지원이 빙그레 웃으며 **유정**을 안아 준다.

한참이 지나자,

지원이

"회사 일은 잘됐어?"

하고 물으니,

유정은,

"네, 정말 모두 너무 좋아들 했어요. 나도 직원들에게 프로젝트 설명을 하면서 왠지 좋은 느낌을 받았어요. 정말 최고의 프로젝트예요."

그러면서 오늘 회의 내용을 자세히 설명하자,

지원이,

"와, 우리 붕어빵 **엄마**도 대단한데!"

라고 하자,

유정은

또, 깔깔 웃으며 **지원**의 입에 뽀뽀를 쪽 한다.

그때 **지원**이 봉투를 하나 꺼내어 **유정**에게 주자,

유정이

"어머, 이게 뭐예요."

하면서 받아 봉투를 열어 안에 있는 것을 꺼내어 보고는 깜짝 놀란다. 안에는 12억 원의 자기앞 수표가 들어 있었다.

놀란 **유정**이,

"여보!"

그러자,

지원이,

"아마 새로운 프로젝트는 사무실 이전 등 많은 자금을 필요로 할 거야.

그런데 다행히도 그동안 내 아파트를 팔라고 조르는 사람이 있었어. 그래서 1개월 뒤 비워 주기로 하고 우선 매매가에 70%를 받고 계약서를 써 주었지. 어때, 나 이쁘지 않아?"

그러자,

유정은,

"여보, 당신은 정말, 정말 바보야!"

하면서 다시 **지원**의 품안에 들어와 흐느낀다.

그러한 **유정**의 등을 두드리며,

지원이,

"바보는 당신이 바보야. 사실 처음에는 당신과 우리 집에서 살려고 했었는데, 당신 집에 가 보니 우리 집은 필요가 없을 것 같았어.

다행히 지금 부동산 경기가 요동을 치고 있지만, 우리 단지는 환경과 교통 모두 최고이고, 더욱이 내 아파트는 단지 내에서도 경관이 제일 좋고 그리고 내부 시설도 내가 건설회사에 있으면서 새롭게 잘 고쳐 놓았다는 걸 알았기에 그동안 주위 많은 부동산에서 팔라는 제의가 많았지만 거절하였는데, 당신의 프로젝트가 새로 시작하면 많은 자금이 필요할 수밖에 없고, 또 내가 집이 팔리더라도 지난번에 당신 집에 가 보니 이제는 내 집에서 쫓겨나도 우리 **유정**이 문간방 하나는 주겠지 하고 결심을 한 거야.

설마, 나 우리 집에서 쫓겨나면 1층 문간방 하나는 줄 거지? 아니야?"

라고 이야기하자,

유정은 계속 눈물을 흘리며,

"여보 왜 계속 유정을 울리는 거예요. 알았어요. 나 지금 자금이 어찌 될지 모르지만 이 돈은 절대로 쓰지 않고 있다가 우리 붕어들을 위하여 쓸 거예요. 그리고 **어머니**도 당신 가급적 빨리 집으로 들어오라고 했어요.

우리 이제, 회사도 우리도 가급적 빨리 정리해요, 네?"

이에 **지원**이,

"그래 알았어! 가급적 빨리 모든 걸 정리하도록 하자."

하며 **유정**의 등을 쓰다듬어 주고 있었다.

지원에게 들렀던 **유정**은 바로 집으로 왔다. 앞으로 회사 일을 챙기다 보면 **어머니**와 함께할 기회가 거의 없을 것 같았다.

　집에 들어오자, 일찍 들어온 딸이 **어머니**는 너무 반가웠다.
　요즘 **어머니**는 집에서 가끔 **가정부**의 손을 잡고서 서는 연습을 하시고 계신다. 이제는 **가정부**가 손을 안 잡아도 벽이나 가구를 잡고 서 계시기까지 하신다.

　집에 들어간 **유정**은 보조대도 없이 자연스럽게 앉아 계시는 **어머니**가 너무 좋았다.
　이에, 문득, 오늘 **어머니**께 내 차로 바람이나 쐬게 해 드릴까? **어머니**가 나가시는 것은 병원뿐인데 그때는 병원 구급차를 불러서 가는 것이 고작이기에 외출은 지금까지 거의 한 적이 없다고 볼 수가 있다.

　어머니에게 간, **유정**이, **어머니**에게,
　"**엄마**, 오늘 저하고 제차타고 바람 한번 쐬러 가 볼까요?"
　라고 하자 **어머니**의 눈이 빤짝거리는 것 같았다.
　잠깐 생각하시던 **어머니**는,
　"그래 한번 가 보자."
　하며 반갑게 말씀하신다.
　그러자 **유정**이,
　"**엄마**, 잠깐만 계세요."
　하고 밖으로 나가 차를 문 앞으로 갖다 놓고 다시 집으로 들어왔다. 그리고 **가정부** 아줌마를 불렀다.

가정부가 무슨 일이냐고 묻자,

"**언니**, 나 **엄마** 모시고 바람 좀 쐬고 오려고 해요."

라고 말하자,

가정부는 놀라서,

"괜찮겠어?"

하며 묻는다.

그러자,

유정이,

"네, **언니, 엄마** 밖으로 나가는 것만 나와 같이 도와줘요."

하며,

어머니에게 가서 **어머니**를 일어나시게 한다. 이제는 팔을 약간 잡아 주자 **어머니** 혼자서 일어나신다.

일어나신 **어머니**를 둘이서 방에서 모시고 나와 소파에 앉히신 다음 가벼운 신을 가져와 **어머니** 발에 신겨드린다. 그리고 둘이서 **어머니**의 양팔을 잡고 천천히 집 안 문을 나와 큰 대문을 열고 문을 나서면서,

유정이 **어머니**에게,

"**엄마**, 괜찮아?"

하며 묻자,

어머니는 10년 만에 서서 나온 것이 신기하신지, 엷은 미소까지 지으시며,

"응 괜찮아."

하시며 차 뒷자석에 앉으셨다.

유정도 좋아서 **가정부**에게,

"**언니**, 성공이야!"

하면서 좋아한다.

가정부도 신기해서 밝은 미소를 짓고 있다.

운전석에 앉은 **유정**은 **가정부**에게 다녀오겠다고 인사한 후, 출발했다.

천천히 차가 시내로 나가자 **어머니**는 너무 좋아하시는 표정이다.

앞에서 **유정**이

"**엄마**, 괜찮아?"

하니 **어머니**는

"응, 좋아."

하시기에 **유정**은 여기저기를 다니다,

'이제 어디로 갈까?'

하고 생각하다

'그래, **지원** 씨한테 가자!'

생각하고 시내를 빠져나갔다.

지원의 "**푸드버스**"에 도착한 **유정**이 **어머니**에게,

"**엄마**, 여기 어때?" 하고 묻자,

어머니는,

"넓고 시원해서 좋네."

하시다, "**푸드버스**"를 보더니 신기한 듯

"그런데 저건 뭐니?"

하시자,

유정이,

"응 **엄마** 맛난 거 사드리려고."

하며 웃는다.

그때,
지원이 **유정**의 차를 발견하고,
"뭐야, 얼마 전에 갔는데 왜 또 왔지? 으이그, 우리 붕어 엄마 못 말리겠네."
하면서 **유정**의 차로 온다.
그러더니 뒷좌석에 앉아 계신 **어머니**를 보고 깜짝 놀란다.

"앗, **어머니**!"
그러자,
어머니도 **지원**이를 발견하고,
유정에게,
"저 사람, **강 서방** 아니야?"
하시며 깜짝 놀라신다.
그러자 **유정**이,
"응 **엄마**, **강 서방**이야!"
하며 혼자 재미있는지 깔깔 웃는다.

차 앞에 온 **지원**이 **유정**에게,
"으이그 장난꾸러기."
하며,
뒷문을 열고
"**어머니** 안녕하세요." 하고
밝게 인사를 하면서 **어머니** 손을 잡자 **어머니**도 반가워서,

"에구 **강 서방** 보구 싶었네." 하며 반가워하신다.

이때 차에서 내린 **유정**에게,
"에구 꾸러기, 전화도 않고 **어머니**를 모시고 와 사람 놀라게 하네."
그러자 **유정**이 또 재미있어하면서 웃는다.
그러더니 **어머니**에게 와서,
"**엄마**, 여기가 **강 서방** 붕어 낚시터야!"
하자,
어머니는 예쁘게 생긴 "**푸드버스**"가 너무 신기한지 두리번거리며 계속
쳐다보고 계신다.

그때, **지원**이 유정을 보고,
"**어머니** 내리시지 못하셔?"
하니, **유정**이,
"아니 우리 둘이서 잡아드리면 내리실 수 있을 거야."
그러자 **지원**이,
"그럼 테이블로 모시고 가자."
라고 하며, 둘이 뒷좌석에 가 내리시게 하려니 조금 거북하기에 **지원**이
어머니에게,
"**어머니** 제가 한번 안아드려도 되죠?"
하며 **어머니**를 안아서 밖으로 나오시게 하였다.
두 사람은 **어머니**를 양쪽에서 붙잡아 드리면서 야외 테이블에 앉혀드렸다.
테이블에 앉으신 **어머니**는 정말 신기한 듯 이곳저곳을 쳐다보시며 아주
즐거우신 표정이다.

유정이,

"**엄마**, 좋아?"라고 묻자,

어머니는,

"웅 정말 너무 좋다. 나 지금 꿈을 꾸고 있는 것 같애."

이때,

지원이 따끈한 붕어빵을 한 접시 가지고 왔다.

그러자 **유정**이,

"**엄마** 이게 붕어빵이야."

하니 **어머니**는 신기한 듯 보시다가 붕어빵 하나를 집어 입에 깨물어 보신다.

"어, 맛있네!"

하시며 나머지도 맛있게 잡수신다.

유정은 **어머니**의 그러한 모습을 신기한 듯 쳐다보고 있다.

투병 중에 계신 어머니는 지금껏 죽이나 연한 음식만 드셔 왔다.

1개를 다 드신 **어머니**는 **유정**에게,

"나 하나 더 먹어도 될까?" 하시자,

유정이,

"**엄마** 드세요. 이거 **강 서방**이 **엄마**에게 드리는 첫 선물이야. 나도 붕어 같은 애기 많이 낳아 **엄마**한테 드릴 거야."

하자, **어머니**도 아주 즐거워하신다.

이렇게 가족들은 행복이 가득한 나들이를 즐기고 있었다.

9. 당첨된 흉가

"**원더풀 하우징**"의 출범 후 임원들은 프로젝트 계획과 조직구성에 정신이 없는 반면, **민유정**은 새로운 사무실을 정하기 위하여 정신없이 다니기 시작했다.

사무실은 그 어느 업무보다도 중요한 일이다. 다른 것이 다 준비된다 하여도 사무실이 결정되지 않으면 모든 것은 무용지물이다.

지금 현재 사용하고 있는 사무실은 중심가에 위치한 대형 건물이지만 민유정의 회사에 배정된 주차가능 대수가 적어 "**원더풀 하우징**" 사업을 추진하기가 불가능하였다.

또 차를 한번 주차하려면 건물입주 사들이 많아 주차하기가 여간 힘든 게 아니었다. 이에 **민유정**은 **지원**과 의논하여 시 외곽의 중형 건물 전체를 임대하는 것을 찾았으나 그것도 만만치가 않았다.

다음 날 아침, 일찍 "**푸드버스**"를 찾아온 **유정**에게 **지원**은

"내가 어제 곰곰이 생각을 해 보았는데, 어느 곳이 되었든 건물 사무실을 찾는 건 아무 의미가 없을 것 같아.

차라리, 대형 단독 주택을 임대하여 그곳에 전시장 수준의 인테리어를 하여 업체나 고객들이 왔을 때 처음에는 건물 사무실이 아니라 실망을 할지 모르지만 일단 한번 들어와 보면 과연 "**원더풀 하우징**"이구나 하면서 감탄을 하게 되고 그것은 화잿거리도 되기에 빠른 속도로 프로젝트를 알릴 수

있을 것이야.

하지만, 단독주택은 주차 문제를 해결하기가 어려울 것이야.

그래서 생각한 것인데, 단독주택의 차선책으로 서울 외곽지역에 공장들이 많은데 요즘 경기가 불경기다 보니 문을 닫은 공장들이 많이 있을 거야. 그중에 풍경이 좋은 곳을 골라.

실내외를 아름답게 인테리어를 하여 고객들을 방문하게 하면, 업체나 고객은 한번 방문하였을 시, 절대로 잊어버리지 않고 오히려 다녀간 사람들은 자연스런 홍보도 가능하며, 그곳은 어쩌면 지역 명소도 될 수 있을 것이야. 그래서 나는 놀고 있는 공장을 제안하고 싶어."

그러자, **유정**은 처음에,

"공장이요?"라고 시큰둥하게 얘기했다가,

잠깐 생각하더니,

"여보, 그게 정말 근사하고 좋을 것도 같아요. 헌데, 어디서 우리에게 맞는 공장을 구하죠? 지금 시간이 너무 없는데…."

그러자 이때 **지원**은 예전에 건설공사를 하던 지역 중 한 곳이 생각이 났다. 그래서 바로 그곳을 가 보기로 생각했다.

유정은 얘기도 끝나지 않았는데 **지원**이 자기의 팔을 잡아끌고 차에 태우자 어이가 없어,

"여보, 어디 가는 거예요?"

라고 하자,

지원이 웃으며,

"시간이 없다며?"

출발한 지 불과 40여 분 정도가 지나 둘이 도착한 곳은 **지원**이 예전에 현장을 다니면서 인상이 깊게 남았던 이곳을 생각하고 바로 온 것이다.

당시 주위는 대부분 임야지역인데 그곳에 널찍한 공장이 하나 있었는데 마치 흉가처럼 보였던 노는 공장이 생각이 난 것이다.

당시 그곳을 지나면서 조용한 지역에 공장 하나 덩그렇게 있는 것을 보고 위치나 모든 것은 좋은데 아무것도 없는 이곳에 무슨 공장이 될까?

생각하며 공장 가까이 가 보니 노는 공장이었다. 아무리 노는 공장이라지만 건물을 지키는 경비 하나 없었다. 그래서 그때의 일이 생각나 그곳을 찾은 것이다.

도착하여 보니 공장은 당시보다 더욱 황폐해져 마당에는 잡초투성이고 공장 건물은 썩어 가고 있는 것 같았다.

그 공장을 보고 **유정**은 얼굴을 찌푸렸지만 **지원**은 안으로 들어가 공장 안을 들여다보자 유령의 집 같지만 널찍하고 좋았다. 순간적인 그림을 그린 **지원**은 다시 나가 근처 부동산을 찾았다. 그러나 여러 부동산을 찾아도 그 공장에 대하여서는 아는 곳이 단 한 곳도 없었다.

그래서 그곳에 예전 현장의 인허가와 토지 형질변경 등의 업무를 맞아서 한 **법무사**를 찾아갔다.

오랜만에 **강지원**을 본 **법무사**는 아주 반가워했다. 당시 **강지원**은 **법무사**를 믿고 모든 것을 맡긴 적이 있었기에 **법무사**는 하던 일을 제쳐 놓고 **지원**

과 **유정**을 맞고 있었다.

법무사를 만난 **지원**은 해당 공장을 이야기하자 **법무사**는 너무도 잘 알았
다. 그래서 **지원**은, **법무사**에게 소유자를 조사하여 만나 공장 매매를 중개
해 달라고 했다.

그리고 가능성이 있으면 현재 **유정**의 사업을 이야기하고 공장 용도를 "**원
더풀 하우징**"에 맞도록 변경을 하여 계약이 끝나면 바로 공사를 착수하게
해 달라고 하고, 시간은 최대한 단축하여 달라고 부탁한 뒤, 그리고 수수료
는 최저의 매매가로 중개를 서 주면 모든 인허가 비용을 포함하여 매매금
액의 10%를 주겠다. 하였고 이건 착수금이라고 하면서 1,000만 원을 주니,
법무사는 너무 놀라서 알겠다고 하면서 모든 걸 제쳐 놓고 지금 당장 착수
하겠다는 말을 하면서 자신에게 와 주어서 너무 고맙다고 거듭 감사를 표
했다.

매매금액의 10%면 엄청난 금액이다. 만약 그 공장이 30억 원이라면 3억
원이 되는 액수다. 아마도 그 **법무사**의 몇 년 수입 이상의 금액인 것이다.

지원과 함께 **법무사** 사무실을 나온, **유정**은 지원의 통 크고 신속한 일처
리에 경악을 금할 수밖에 없었다.

"여보, 진짜 매입을 하려고 하는 거예요?"
지원이,
"그래, 거래가 성사되어 매입이 된다면 비싸도 시내의 사무실 임대 보증
금 정도밖에 되지 않을 거야. 그리고 사무실이나, 이곳이나 '**원더풀 하우징**'

의 인테리어를 하려면 그것도 어마어마한 금액이 소요될 수밖에 없어.

차라리 시내 건물을 임대하느니, 그 공장을 매입하여 아름답게 꾸며, 건물주나 같은 건물 입주자들의 눈치 보지 않고 편하게 사업을 하면 그리고 이 아름다운 곳이 **'원더풀 하우징'** 소유 건물이라 하면, 그것이 주는 사업적 가치도 만만치 않을 거야."

그렇게 **지원**이 이야기하자 **유정**은 또다시 감탄하며,

"역시 우리 붕어빵 아빠는 이 세상에서 단 하나뿐인 최고의 남자야."

하며, 웃는다.

지원은 오는 길에 다시 공장을 들러 꼼꼼히 살펴본다.

입구서부터 공장의 넓은 땅의 정리 작업 건물 외벽의 처리, 시간, 그리고 내부의 최초 정리 작업 등을 머리에 그리고 서울로 돌아왔다.

올라오는 차 안에서 **유정**은,

"여보, 당신 생각처럼 잘될까요?"

그러자 **지원**은,

"공장이 있으면 소유자가 있어. 그리고 오랜 시간, 방치되어 있었고. 또, 누가 그곳에 공장을 한다 하여도 주위 여건이 도저히 어떤 공장을 할 수 있는 곳이 되지도 못해. 그런 방치된 부동산 거래를 성사시켰을 때, 10%의 수수료를 준다고 하였으니 지역 관청하고도 친근한 **법무사**는 아마 하루 이틀 내 결과를 가지고 올 거야."

라고 얘기하는 **지원**의 얼굴은 자신감이 넘쳐 있었다.

다시 **유정**은,

"여보, 정말 나, 이젠 사무실 갖고 신경 쓰지 않아도 돼?"

하기에,

지원이,

"그래. 안 되면 그 공장 내가 서울로 가지고 올게."

하자 두 사람 다 환한 미소를 보인다.

강지원의 **"푸드버스"**는 지금 5명의 청년들이 맡아서 일하고 있다. 지원은 **"푸드버스"**를 어려운 청년들의 요람으로 만들어 청년들이 이곳에서의 일에 만족을 하면 이 **"푸드버스"**를 몇 대 더 만들어 청년들에게 나누어 줄 생각을 하고 있다.

이런 생각은 그동안 **지원**이 직접 운영을 하여 보니 정말 괜찮은 사업이었다.

다른 곳의 비슷한 업체들은 사람이 많이 왕래하는 곳에 있으면서 찾아오는 손님에게만 판매하는데, **지원**의 **"푸드버스"**는 한적한 곳에 있지만 배달을 위주로 하니 일반 가게의 매출보다 훨씬 큰 수익을 올리고 있었다.

강지원이 **법무사**를 만나고 온 지 이틀 후 **법무사**로부터 연락이 왔다.

현재 그 공장은 각종 세금도 체납되어 있고 오랜 시간 아무런 연락도 없어 현재 체납에 따른 조치 절차가 진행될 예정이라고 하는 설명과 현재 공장의 소유자로 되어 있는 사람은 2년 전에 사망을 하여, 호적을 살펴보니 슬하에는 딸이 한 명이 있어 수소문하여 어렵게 찾아보니 충청도 지방에 살고 있는 50대 중반의 딸은 아버지하고는 오래전부터 연락을 하지 않고 살았기에 그 공장에 대한 것도 전혀 모르고 있었다.

그래서 공장의 이야기를 하고 주고 그것을 매매하면 엄청난 금액을 받을 수 있다고 하자 어렵게 사는 것 같은 여자는 도저히 믿지 못하는 표정을 지었다.

그러면서도 그것이 가능하다면 **법무사**에게 매매금액, 명의 이전 등 모든 것을 위임하겠다고 하여 **법무사**는 바로 그 여자에게 인감증명을 만들게 하여 모든 위임장을 받아 왔다고 하면서 토지대장을 보니 그 공장 소유자는 그 공장부지 말고도 공장 바로 옆에 자연녹지로 되어 있는 5필지의 땅도 모두 만여 평이나 있다고 하였다.

그래서 오늘 해당 관청에서 명의 이전 절차를 물어보면서 만일 그곳에 이러이런 시설을 만들려면 용도변경 등이 가능하냐 물어보니 그 흉가 같은 곳이 그렇게 변신만 된다면 우리 지역에도 큰 복이라고 하면서 최대한 협조를 하여 주겠다는 약속도 받았다고 하였다.

그 연락을 받은 **지원**은 그럼 내일 아침 일찍 **법무사** 사무실에 가겠다고 약속을 하였다. 그런 다음 예전 공사 현장에서 현장의 초기 정비와 보수를 전문으로 하던 업체 사장을 만나 이야기를 하여 내일 현장에서 만나기로 약속을 하였다

지원은 계속 마음속으로 그림을 그리고 있다. 이제 그 공장을 다녀온 지 이틀째다.

내일 **법무사**를 만나 공장 지적도를 가지고 오고, 보수업체 사장을 만나 10일 안에 공장부지의 정리와 공장 외벽의 보수, 그리고 내부의 보수까지 끝내 달라고 부탁할 예정이다.

그러면, 우리 **유정**이 직원들에게 프로젝트를 설명한 지 불과 15일이면, **"원더풀 하우징"**의 기본은 완성될 것이다. 그것은 프로젝트의 90%는 성공을 한 것이기도 하다.

지원은 그때까지는 앞으로 **유정**에게는 비밀로 할 것이라고 생각하며 혼자 미소를 그리며 즐거워하고 있었다.

그때 **유정**에게서 전화가 왔다.
"여보, 어디 있어요?"
"왜?"
"오늘은 집에 와서 저녁 드세요."
"그래, 알았어."
하고 전화를 끊고 계속 그림을 그리기 시작했다.

그러더니, 다시 어딘가 전화를 걸기 시작한다. **지원**이 전화를 건 곳은 산지 정리 작업 전문 회사다. **지원**은 대강의 이야기를 한 다음, 그 사장도 내일 현장에서 만나기로 약속을 하였다.

아까 **법무사**로부터 들은 5필지의 자연녹지가 어느 것인지는 모르지만, 아마도 그 공장과 붙어 있는 땅일 것이다. 그것은 내일 아침 **법무사**를 만나면 지적도가 있을 것이니 바로 알 수 있다.

지원은, '그 땅도 쳐 버릴 나무는 치고 하여 아름답게 정리를 한다면 마치 공원 같을 것이다.' 하면서 또다시 아름다운 그림을 그리고 있었다.

저녁 **유정**의 집.

지원은 반가워하시는 **어머니**께 인사를 드리고, 구면인 **가정부**에게도,

"누님, 그간 잘 계셨어요?"

하며, **지원**이 누님이라고 하자 **가정부** 아주머니는 너무 좋아한다.

다음,

어머니와 유정과 **지원**,

그리고,

가정부까지.

이렇게 4가족은 처음으로 모두가 식탁에 앉아 하는 최초의 "행복한 만찬"을 즐기고 있었다.

방에서만 식사하시던 **어머니**는 거실에 나와 식탁에 앉으신 것만도 엄청난 병세의 회복이셨다.

그리고 거실 소파에도.

아무것도 아닌 것 같은 이것,

이것은,

기적이고 행복이었다.

그리고

이것의 시초는 **"푸드버스"**의 야외 테이블이었다.

즐거운 저녁식사를 마친 세 사람은 소파에 앉아 즐거운 얘기로 꽃을 피우

다, **어머니**를 방으로 모셔다 드린 후 2층으로 올라갔다.

올라가자마자 **유정**은,

지원의 목에 팔을 감으며,

"여보, 나 너무 행복해. **어머니**와 식탁에서 함께 식사하다니 꿈만 같아요
~~~"

그러자,

지원이,

"**유정**아, 당신 회사에서도 이래?"

웃으며 그러자,

유정은,

"응."

하고 대답하고 바짝 **지원**에게 안기며 입을 가지고 온다.

유정의 방에서 처음으로 사랑스런 밤을 보낸 **지원**과 **유정** 두 사람은 오늘
도 각자 정신없는 하루를 보내야 하기에 아침 일찍 일어났다. **지원**은 **유정**
이 잔뜩 준비해 놓은 새 옷으로 갈아입고 지방으로 출발할 준비를 마쳤다.

그러면서,

"**어머니**께 인사는?"

그러자, **유정**이,

"**어머니** 늦게 일어나시기에 항상 인사는 못 드리고 나와요."

"아, 그래."

하면서 **지원**은 서운한 표정을 짓는다.

그때 **유정**이

"여보, 우리 사무실 계약한 사람이 사무실을 언제쯤 비워 줄 수 있냐고 묻는데, 언제라고 해야 실수를 안 할까요?"

묻기에,

"응, 15일 뒤에 입주하라고 해!"

그러자,

유정이,

"어머! 그게 가능해요? 당신 나 놀리고 있는 거죠?"

지원이 빙그레 웃고만 있자,

유정은

또,

"장난치지 말고 얘기해 줘요. 이사 오려는 회사, 다른 사무실을 계약했다가 우리 사무실이 구조나 인테리어 등 모든 것이 너무 마음에 들자, 앞에 계약한 사무실 계약금도 포기하고 우리 사무실을 계약한 것이라 그 회사도 시간이 없는 모양이에요.

나도 지금 모든 경기가 불황이라 우리 사무실이 나가지 않으면 어떻게 하나 걱정했는데, 너무나 뜻밖에도 너무 빨리나가 얼마나 다행인지 모르겠어요. 사무실이 안 나가면 새 사무실 얻는 자금도 걱정을 했는데… 호호. 정말 모든 게 너무 잘되고 있어요."

그러자 **지원**이,

"알았어, 내 무슨 수를 써서라도 15일 뒤까지 들어갈 수 있도록 해 볼게. 안 되면 우리 '**푸드버스**'라도 비워 줄게. 흐흐흐."

라고 하자,

유정은,

"하여튼 당신은 큰소리 대장이야."

하면서 **지원**의 팔을 끌어당기며,

"빨리 가요. 나 늦었어요."

하며 밖으로 나간다.

지원이 차를 타면서 **유정**에게,

큰 소리로,

"내가 분명히 15일 뒤라고 얘기했어!"

하며 출발한다.

그 말을 듣고,

유정은

"뭐 15일 뒤~? 으이그 저 엉터리!"

하며, 그녀도 차를 타고 출발하였다.

밖으로 나온 두 사람은 이렇게 각자의 차를 타고 출근을 하고 있었다.

10. 전광석화

지원은 그길로 바로 지방으로 내려가 **법무사** 사무실을 찾았다. **법무사**는 자랑스러운 표정으로 **지원**을 맞았다.

진행사항을 자세히 얘기를 들은 뒤, 이제 금액을 이야기하자,

법무사는,

"공장과 자연녹지를 전부 하면 아마 20억 원이 훨씬 넘을 겁니다. 그러나 모두 15억 원에 합의를 하였습니다."

이 말을 들은 **지원**은 깜짝 놀랐다. 그는 공장만도 25억 원 정도로 예상했었다. 거기에 자연녹지 만여 평까지….

하지만 **지원**은 표정 하나 변하지 않은 상태로,

"**법무사**님 수고했어요."

하며 아파트 잔금으로 받은 돈 중에서 4억 원을 주면서,

"3억 원은 계약금으로 20%, 1억 원은 **법무사**님 수수료가 약속대로 한다면 1억 5천만 원이지만 너무 수고하셨기에 2억 원을 드리겠습니다. 그중 50%인 1억 원은 지금 드리겠습니다."

라고 말하자,

법무사는 놀라서 말을 못 한다.

1억 원! 지방 법무사로서는 어마어마한 금액이다.

"감사합니다. **강 사장**님."

하며 일어나서 꾸벅 절을 한다.

"아녜요, **법무사**님이 수고 많으셨어요. 그럼 이제 나머지 절차를 관하고 협력해서 빨리 마무리 지어 주세요. 그리고 나는 지금부터 공사를 시작하겠습니다. 일이 마무리되면, 나머지 잔금은 바로 지불하겠습니다."

그러자 **법무사**는 너무 기쁜 표정으로,

"네 사장님, 최대한 빨리 마무리 짓겠습니다."

그리고 자연녹지의 지적도를 받아들고, 가벼운 마음으로 **법무사** 사무실을 나온 지원은 공장으로 향하고 있었다.

공장에 도착하자 약속한 시간보다 **강지원**이 일찍 도착하여 아직 아무도 와 있지 않았다. 그래서 **지원**은 가지고 온 자연녹지 지적도를 보며 땅을 살피기 시작했다.

5필지의 녹지는 모두 공장부지와 붙어 있는 공장과 거의 평면을 이루고 있는 땅이었다. 산은 아주 넓어 무엇을 써도 좋을 만한 환경을 가지고 있었다.

그리고 그 자연녹지 뒤쪽은 울창한 산림으로 뺑 둘러 있었다. 그 산림은 국유림이었기에 공장과 자연녹지는 더욱 편한 토지였다. 이곳에 자연녹지가 누구의 소유라도 일부러 만들기도 힘든 경관이었다.

강지원은 아주 기분이 좋았다.

다음 공장으로 들어간 **지원**은 내부를 하나하나 살피기 시작했다. 내부의 골격은 아주 튼튼하고 깨끗했다.

그런 다음, 넓고 튼튼한 계단을 밟고 2층을 올라가자 2층은 구석 한편으로 몇 개의 방으로 나누어졌는데 하나는 주방과 식당으로 사용하던 곳 같고 또 하나는 기숙사로 사용한 것 같았다.

마지막 방은 잘 모르겠으나 아마 직원들 휴게실로 사용하던 곳 같고 나머지 하나는 1층과 똑같은 위치에 있는 1층과 같은 큼직한 샤워장과 화장실이었다.

다시 **지원**은 2층에서 위로 올라가는 계단을 오르자, 그곳에는 옥상의 넓은 공간이 기분을 상쾌하게 만들었다.

그는 옥상 올라 바라보는 공장입구와 숲으로 둘러싸인 평평한 자연 녹지, 등 공장 주위를 보며 나름대로의 화려한 그림을 그리고 있었다.

이렇게 자세하게 살펴본 **지원**은 생각한 것 이상으로 훌륭한 건물이어서 정말 마음이 기쁘고 즐거웠다. 정말 **법무사**가 결정해 온 매매가라면 공짜나 다름없는 금액이다.

이제,

이곳에,

우리나라 최고의 아름다운 보물창고가 만들어지는 것이다.

그리고 공장 외부를 자세히 돌아보면서 살피고 있는데, 보수업체 **사장**이 도착했다. **사장**은 회사 직원 2명을 데리고 왔다.

오랜만에 만난 두 사람은 서로 반갑게 인사한 다음 공장을 둘러보기 시작했다.

둘러보면서 **지원**은 전문 기술자답게 하나하나 자세하게 어떻게 해라, 어떻게 해라 요구하자 업체 사장은 꼼꼼히 기록하면서 외부와 1층, 2층 그리

고 옥상까지 자세히 살펴본 다음 밖으로 나와 정문과 경계 부분의 설치를
서로 의논하여 결정하고 건물공사조사는 마치게 되었다.

다음,

지원은,

"**사장**님, 견적은 내일까지 부탁드리고, 가장 중요한 것을 공사 시간입니
다. 시간을 **사장**님이 좀 무리를 하시더라도 최대한으로 단축해 주시면 좋
겠습니다. 그리고 여기 들어올 회사는 대형 인테리어 회사입니다. 앞으로
서로 협조하여야 할 부분도 많을 겁니다."

라고 하자 업체 사장은 정말 좋아하는 표정이다.

그러면서,

"**강 이사**님, 아니 이제는 사장님이시지, 공기는 최대한 단축하겠습니다.
아무 걱정하지 마십시오. 그리고 앞으로 제가 많이 도움을 받아야 될 것 같
으니 저도 투자한다는 기분으로 견적을 올리겠습니다."

라고 말하자,

지원은

"감사합니다. 그러면 견적은 믿어도 되니 내일부터 사람을 투입해 주십
시오."

그러자,

사장은,

"네 알겠습니다. 바로 착수하겠습니다."

다시 **지원**이,

"내일 오전까지 견적을 주시고 공사 선금은 내일 견적서 받으면서 바로

드리도록 하겠습니다."

라고 말하자,

사장은,

"감사합니다. 그럼 지금 바로 가서 준비를 하도록 하겠습니다."

그러자 **지원**은 다시 **사장**에게,

"**사장**님, 어차피 이곳의 모든 작업은 **사장**님께서 총괄하셔야 될 것 같으니, 내가 이곳의 많은 사람을 알고 있는 **법무사**를 소개해 줄 테니 가시면서 만나 이곳에 있는 건설 업체 한 곳을 소개받아 근로자들이 필요한 작업은 그들에게 부탁하고 또 전기를 바로 살리는 것도 이곳 업체가 지역 한전하고도 친할 것이니 일부 작업은 **사장**님이 하청을 주는 것이 어떻겠습니까?"

하고 얘기하자,

"그것도 좋겠습니다. 감사합니다. **사장**님!"

그러면서 현장 여기저기를 살피고 있는 직원들에게,

"어때, 자세히 살펴보았나?"

그러자 직원들이,

"네."

하고 답하자,

"그럼 지금 바로 출발하자."

하면서 **지원**에게 **법무사** 사무실의 위치를 듣자 **지원**에게 인사를 하고 차를 출발시켰다.

그리고 **지원**은 **법무사**에게 전화하여 공사 이야기를 하고 여기 건설사 **사장**이 가면 이곳에 잘 아시는 건설업자와 연결을 하여 달라고 부탁을 하였다.

그리고 그들이 가고 얼마 안 있자, 임야정지 관련 회사 **사장**이 역시 직원 1명을 데리고 찾아왔다.

지원이 반갑게 맞으며,

"찾는데 힘드시지 않으셨어요?"

하고 물으니,

"아닙니다. 교통도 좋고 위치도 아주 찾기 좋은 곳입니다."

하며 오랜만에 만난 두 사람은 아주 반가워했다.

그 뒤, **지원**은 회사 **사장**을 데리고 넓은 임야로 데리고 가 어떻게 정리를 하며 좋겠는가 자문을 구하면서 자연녹지 상태에서 고객들이 회사에 왔을 시 야외에서 편하게 쉴 수 있도록 할 수 있는 방법을 만들어 아름다운 곳에서 쉬었다 간 것을 오래 기억할 수 있도록 정리를 하여 그에 맞는 시설을 하여 만들어 달라고 부탁을 하고, 공장 앞의 마당도 주차공간과 녹지를 잘 배치하여 설계하여 공사를 하여 달라고 부탁을 하였다.

그리고 이 공사도 시간이 없으니 바로 공사 착수를 부탁하였다. 이곳 역시 바로 견적을 부탁하고 내일 서울에서 만나기로 약속을 하고 헤어졌다.

이렇게 **지원**은 **"원더풀 하우징"** 궁전에 대한 기초적인 작업을 마무리할 수 있었다.

그리고 일요일 아침, **지원**과 **유정**은 **지원**의 이사를 위하여 아침부터 정신이 없었다.

유정의 3층 단독 주택은 그동안 식구들이 없어 3층은 비워 놓고 있었는데, 이번에 3층을 깨끗이 보수하여 **지원**과 **유정**은 3층에서 거주하기로 하고, 지금 **유정**이 쓰는 2층 방은 서재로 사용하기로 하였다.

그동안 **어머니**는 3층에는 아무도 살지 않자 마치 흉가에 사는 기분이어서 항상 우울해하셨는데, 이제는 밝은 집에서 생활하게 됐다고 하시며 **어머니** 얼굴도 아주 밝아지셨다.

그리고 1층도 **가정부** 방도 전에는 **가정부**가 작은방에서 생활하였는데, 이번에 큰방으로 옮겨 새 가구 등을 넣어 주자 정말 크게 기뻐하였다.

지원의 이삿짐이 3층으로 옮겨져 짐을 정리하다가 **유정**이 **지원**이 사용하던 침대 커버가 있는 것을 버린다고 던지자,

지원이 놀라서 챙기자, **유정**이 놀라면서

"에구, 그건 거기서 버리고 오지 왜 여기까지 가지고 왔어요."

"쳇 누가 선물이라도 한 건가 보지?"

하면서 토라진다.

그러자,

지원이,

"이거 나한테는 아주 소중한 보물단지야!"

그러자,

"에구 우리 서방 좀스러운 데도 있네."

하자,

지원은 곱게 접은 침대 커버를 펴서 안에 묻은 작은 핏자국을 보여 준다.

그러면서,

"이게, 내가 가장 사랑하는 여인의 소중하고 청순한 모습이야."

라고 하자,

유정은,

깜짝 놀라면서 그때서야 당시가 생각난 듯,

"여보, 그거 아직도 가지고 계셨어요?"

하며,

지원에게 달려들며 눈물을 흘린다.

이렇게 **유정**에게는 어디서나, 언제나 행복이 만들어지고 있었다.

11. 궁전으로

유정이 프로젝트 설명을 한 지도 1개월이 지났다. **"원더풀 하우징"** 직원은 이제 60여 명이나 되었다.

지금 **유정**은 사무실 때문에 신경을 쓸 수밖에 없었다. 이제 5일 후면 쓰고 있는 사무실은 새로운 계약자에게 비워 주어야 했다. 그래도 중형 건물에 몇 개 층을 쓰던 **YJ인테리어**는 이 큰 사무실을 옮긴다는 것이 보통 일이 아님을 사업을 하는 **유정**으로서는 너무도 잘 알고 있었다. 왜냐하면 자신이 공사를 하여 준 회사가 이사를 오고 가고 하는 것을 너무도 많이 보아 왔기 때문이다.

그래서 그날 밤, 공장 건물에 대하여서는 한마디도, 그리고 공장이 공사를 하려면 공장 매입자금이니, 공사비니 엄청난 자금이 소요될 텐데 그런 얘기도 전혀 없이 **"푸드버스"**에만 붙어 있는 지원을 보고 있으면 당연히 걱정을 할 수밖에 없었다.

물어볼까, 물어볼까 하다가 어느 날 밤에 잠자리에서,
"여보 어떡하지? 나, 며칠 안에 사무실을 비워 주어야 하는데….."
하고 걱정스럽게 물어보자,

지원이 능청스럽게,

"아, 그래! 그럼 왜 진즉 얘기를 안 하고."

웃으며 말하는 것을 보고,

유정은 약이 올라서,

"뭐예요? 나 참 어처구니없네. 나 하루하루 걱정 속에 살고 있는데….."

하면서 얘기하자,

지원이,

"일어나, 옷 입어!"

그러자 **유정**이,

"왜요? 이 밤에."

라고 하니,

지원이 웃으며,

"여하튼 옷 입어!"

그래서 **유정**이 일어나 옷을 입자,

"나와."

하더니 밖에 나와 차를 가져오더니 **유정**에게 타라고 하자, **유정**은 어이가 없으면서도 시키는 대로 차에 탔다. **지원**은 아무 말 없이 운전하기 시작했다.

어이가 없는 **유정**은,

"대체 이 밤에 어디 가는 거예요."

하고 얘기하자,

지원은 그냥 손으로 입을 막으며,

"쉿!" 한다.

차는 시내를 빠져나가 전에 가서 본 공장 방향으로 가고 있었다.

공장에 도착하자, **유정**은 깜짝 놀라고 있었다. 아직도 야간작업을 하느라 내부에는 불이 켜 있었고, 마당에 임시로 세워 놓은 가로등도 환하게 아름다운 공장 마당을 비추고 있었다.

유정은 입을 다물 수가 없었다.

이게 도대체 뭐지? 얼마 전까지만 해도 황폐한 쓰레기장 같았는데, 무슨 요술을 부른 것도 아닌데, 그녀의 눈에는 또 눈물방울이 맺혔다.

"여보~~"

차를 건물 입구 주차장에 대고 **유정**의 손을 잡고, 건물 안으로 들어가자 밝은 불빛 아래 작업자들이 작업을 하느라 정신이 없었다.

내부는 완전히 별천지였다. **지원**이 **유정**을 보자, **유정**은 **지원**의 어깨에 기대어 눈물만 흘리고 있었다.

그러면서,

"어떻게 이것이 가능한 일이었나?"

하고 생각하면서 기적 같이 변한 상황에 아무 말도 못 하고 여기저기 두리번거리고만 있었다.

그러한 **유정**을 데리고 **지원**은 다시 2층으로 올라갔다.

2층은 널찍한 사무실 구석 한쪽으로 4개의 공간이 만들어져 있었다. **지원**은 계속 놀란 표정을 짓고 있는 **유정**을 데리고 다시 계단을 올라 옥상으로 올라갔다.

옥상에는 간이 야외테이블이 있고 넓고 시원하게 정리되어 있었다. 옥상에서 내려다본 입구 정문과 가로등이 환하게 켜 있는 주차공간과 녹색의 공간은 그야말로 별천지였다.

그러자 **지원**이,
"당신 여기 잠깐만 있어."
하더니 뛰어서 아래층으로 내려갔다.
그리고 **유정**이 잠깐 있자, 공장 옆과 뒷산에 등불이 켜지고 세상이 완전히 천국으로 변해 버렸다.

그 아름다운 감동에, **유정**은 그만 얼굴을 가리고 울음을 터트리고 말았다.

그리고 잠시 후, **지원**이 올라오는 소리를 듣자, 그쪽으로 뛰어가더니 **지원**의 품에 와락 안기고 말았다.

그러더니,
잠시 후,
얼굴을 들면서,
"여보, 당신은 사람도 아니야, 도대체 정체가 뭐예요? 네? 어떻게 그 짧은 시간에 이것이 가능한 일이기나 해요?"

그러자,
지원이 웃으며,
"응 귀신!"
하며, **유정**의 어깨를 한 팔로 잡아 준다.
"**유정**아, 이제 맘 놓았어?"

그러자,

유정이,

"맘을 놓은 게 아니라 이제 내가 과연 잘할 수 있을까 하고 걱정이 돼요."

그 말에 **지원**이,

"**유정**아, 내가 귀신이라고 그랬지? 암 걱정하지 마. 우리 **유정**은 이것보다 열 배, 백 배 잘할 수 있어!"

그 말에 **유정**은 그때서야,

밝게 웃으며,

"여보, 당신은 정말 나쁜 사람이야!"

하며 밝게 웃으며

"이제 내일 당장 직원들 모두 데리고 오겠어요. 그래도 되죠?"

그러자,

지원이

"얼마든지."

하고 말하자,

유정은,

"아~~ 여보!"

하면서 깡충깡충 뛰다가, 이제는 혼자서 여기저기 살피며 돌아다닌다. **유정**은 여기저기 위층 아래층 다니며 인테리어 설계사답게 하나하나 그리고 있었다.

그러면서, 속으로 계속 이 정도면 대한민국의 최고의 명소로 만들 자신감이 만들어지고 있었다.

그러다가 문득, 이 정도라면 공장하고 공원하고 부동산값과 공사비 등 엄청난 자금이 들어갔을 텐데 **지원**은 자금에 대해서는 단 한 마디의 말도 없었다.

'어떻게 된 거지?'

그런 생각이 들자,

유정은 **지원**에게 가서,

"여보, 공장, 주위 야산, 공사비, 이거 금액이 모두 얼마나 돼요?"

하며 걱정이 돼서 묻자,

지원이,

"응 내가 지난번에 당신에게 준 돈만 도로 줘. 줬다 뺏어서 미안하지만."

하기에,

"네? 그것 갖고 돼요?"

하며 또다시 놀랜다.

"응, 모자라면 나를 담보로 잡으라 할게!"

하며, 웃으며 얘기하자,

"싫어요. 내가 왜 당신이 담보로 잡히게 그냥 둬요. 절대 안 돼요!"

그러자,

지원이,

"에구 요 예쁜 유정이." 하며 웃는다.

집으로 돌아오는 늦은 밤 함께하는 드라이브가 너무 즐거운 **유정**은 마냥 행복한 표정이었다.

12. 새로운 출발

다음 날, 회사에 도착한 **유정**은, 팀장들을 모아 놓고 오늘부터 사무실 이전 준비를 지시하고, **관리팀장**에게는 별도로 직원들을 출퇴근시킬 수 있는 차량의 준비도 지시했다.

관리팀장은 지금같이 많은 자금이 들어가는 시기에 굳이 출퇴근 차량은 없어도 되지 않겠느냐고 말하자,

유정은, 그 차량은 출퇴근용뿐 아니라 때로는 고객이나 또는 단체로 회사 견학용으로도 필요할 수도 있다고 말하자 **관리팀장**은 새로 가는 곳이 어떤 곳이기에 견학 차량까지 필요한 것인가 고개를 갸우뚱하기도 했다.

그런 다음, 오후에 각 팀장들과 **김민우** 그리고 몇몇 직원들을 데리고 현장으로 향하였다.

현장에 거의 도착한 직원들은, 의외로 시간이 얼마 걸리지 않자 반가워하고 있었는데, 현장에 도착하자, 모두들 놀래서 입을 다물지 못하고 있었다.

그러면서,

"**사장**님, 어떻게 이 짧은 시간에 이런 아름다운 건물을 준비할 수 있었나요?"

비명에 가까운 경탄을 하고 있었다.

모두가 보기에 대한민국에 이런 아름다운 건물을 가진 회사가 또 있을

까? 하며 여기저기 두리번거리며 넋들을 놓고 있었다.

유정도 어제 밤에 와서 보고 왔지만, 오늘 낮에 와서 보니 너무나 차이가 나는 아름다움에 다시 한번 탄복을 하고 있었다.

유정은 차에서 내린 직원들을 데리고, 아직도 내부 마무리 공사 중인 1층으로 들어갔다.

일반 시내에 대형 건물에서도 볼 수 없는 높은 천정에 시원하게 넓은 공간, 그리고 깨끗하고 우아한 칼라의 벽 등 안에 들어간 직원들은 또다시 놀랄 수밖에 없었다.

직원들과 내부로 들어간 **유정**은 직원들과 각 팀별 칸막이 등 실내 구조에 대한 의견을 나누고 인테리어는 어디는 어떻게, 어디는 어떻게, 하며 장시간을 1, 2층 모두 세부적인 작업 계획을 세우고 서울 회사로 돌아오게 되었다.

서울에 온 **유정**과 일행들은 휴대폰으로 찍어 온 건물의 구석구석 사진을 대형화면으로 올려 직원들과 함께 보면서 다시 각 팀별 세부적인 배치와 기타 편의시설에 대한 공사 그리고 야외 녹지의 장식과 활용 등을 이야기하였다.

그리고 건물의 1층은 모두 상담실과 전산실로 사용하고 2층은 회사 업무 사무실로 사용하기로 결정하여, 1층의 20개의 상담실은 각기 특색 있는 인테리어로 꾸미기로 하였다. 또 이 모든 내부 칸막이 작업 등은 **김민우**가 총

괄을 하기로 하였다.

마지막으로, 직원들의 출퇴근 계획 등을 의논한 뒤, 이제 그곳의 이름을 **"하우징 센터"**라고 결정한 뒤 오늘 일정을 마무리하게 되었다.

회의를 하면서, 직원들은 자신들이 근무할 곳이 비록 교외에 있지만, 너무도 아름다운 것에 모두 좋아들 하며 내일부터 하는 힘든 이사작업도 힘들어하는 것이 아니라 모두들 내일을 기대하고들 있었다.

회사에서 나온 **유정**은, **"푸드버스"**로 차를 몰았다.

젊은이들과 바쁘게 움직이고 있던 **지원**은 **유정**을 보자,
지원이
"어! 깜짝이야, 지금 정신없을 시간일 텐데 벌써 농땡이 치고 있는 거야?"
라고 하자,
유정은,
"농땡이라뇨? 당신 만나는 게 가장 중요한 내 업무라는 거 아직 몰랐어요?"
라고 웃자,
지원도 피식하고 웃는다.

지원은 한 청년 직원에게 커피를 부탁하고, **유정**과 테이블에 앉았다.
"어때, 잘돼가?"
그러자,

유정이,

"엄청나게요." 하며 신이 나 있다.

그것을 보고,

지원이,

"당신 회사에서도 그렇게 애기같이 놀아?"

라고 하자,

깔깔 웃으며,

"천만에요. 나 회사에서는 당신보다 10배는 더 목에 힘을 주걸랑요."

하며 애교를 부린다.

그러면서,

"여보, 이제부터 그곳 이름을 '**하우징 센터**'라고 부르기로 했어요. 당신하고 의논도 안 하고 지어서 미안해요."라고 하자,

지원이,

"아니야. '**하우징 센터**' 이름 너무 좋아. 나한테 의논했으면 아마 '**붕어빵 센터**'라고 지어 줬을 거야."

하자 또 깔깔대고 웃는다.

"그곳에 갔다가 올 때마다 당신이 정말 고생했다는 것을 알 수 있었어요. 그래서 항상 고맙고 미안해요."

라고 하자 **지원**이,

"에구, 우리 깔깔이 고마운 것도 미안한 것도 아네. 하지만 하나도 그럴 필요 없어. 나, 그곳에 갔다 온 거 당신하고 처음 간 것까지 꼭 4번뿐이야. 그게 무슨 고생이야. 그것도 잠깐씩 드라이브한 것뿐인데."

그러자,

유정이,

"정말 우리 붕어빵 아빠는 대단한 사람이야!"

하면서 자기 배를 두드린다.

그러자,

지원이,

"웃기고 있네, 아직 있지도 않은 붕어빵에게….'

그러자,

유정은,

"왜 없어요! 그런가?"

하며 고개를 갸우뚱하다,

"그러면 오늘 붕어빵 또 넣어 줘요."

하며 또 깔깔 댄다.

그런 다음 **유정**은 지금까지의 업무에 대하여 자세히 **지원**에게 이야기한다.

그러자 **지원**이,

"와, 과연 우리 붕어빵 엄마야!"

하며 웃자,

"쳇 붕어빵 없다면서요?"

"어 그랬나? 그럼 오늘 다시 줘야지!"

하자,

유정이 또 깔깔 대며,

"정말이죠, 오늘 주기로 약속했어요!"

하며 또, 깔깔.

"참, 여보, 이제 며칠 후 **"하우징 센터"** 커다란 현판을 달면서 회사 오픈식 하려고 해요. 그때 당신도 참석하셔야 해요."

그러자 **지원**은,

"아니, 이제 나 그곳에는 절대로 안 가! 이제부터 난 이곳에서도 젊은 친구들을 위해 할 일이 많아. 참, 그리고 이제 법인을 그쪽으로 빨리 이전해. 그리고 법인 인감증명 몇 통 떼어다 놔. 그래야 거기 부동산 명의 이전을 할 수가 있어.

그러니 법인 관계 이전 문제는 지난번에 나하고 갔던 **법무사**에 가서 부탁을 해. 그래야 나 당신한테 마지막 선물을 할 수 있어!"

지원은 어제 **법무사**에게 전화가 와서 통화를 하니 이제 며칠 안 있으면 공장 부동산의 모든 서류들이 정리가 될 것 같다고 하였다.

그때 아예 명의 이전하면서 잔금을 주기로 약속해서 이전 부동산 소유주의 딸이 자신이 전화를 하면 그때 올라오기로 하였다고 했다. 그래서 **지원**은 그때 모든 걸 말끔히 끝내기로 생각하였다.

지원은 원래 부동산 명의를 **유정**의 이름으로 하여 주려고 했는데, **유정**이 법인명으로 하겠다고 하여 그리 결정하였다.

이렇게, **"원더풀 하우징"**의 모든 준비는 놀라운 속도로 진행되었다.
유정의 사업 수완은 그 어느 누구도 따라갈 수 없을 정도로 대단하였다.
아침 일찍, **"하우징 센터"**에 나오면, 그곳에서 야근을 지휘하는 **김민우**와

야근자들을 위한 간식을 준비하여 와서 그들을 격려하고, 직원들이 출근하기 시작하면, 일일이 오늘 할 일을 체크하여 놓았다.

회사의 초기 단계이기에, 업무 추진에 있어 무슨 업무 등, 정해진 룰이 없기에 자신이 생각하여 각 업무별 방향을 만든 뒤, 직원들이 모두 나오면, 시원하게 넓은 2층 대회의실에 전 직원이 모이면 **유정**의 지시와 전 직원 회의가 시작된다.

이제, **"원더풀 하우징"**은 홈페이지와 홍보용 앱은 물론, 각 프로젝트별 플랫폼 제작 등 모든 준비가 마무리 단계에 와 있었다.

그러면서도, 앞으로 전개할 프로젝트와 관련된 기업에 전화를 하여 상담 신청을 하면 처음에는 무슨 영업 회사인 것처럼 시큰둥하다가 어떻게든 회사에 오게 하여 상담을 하면 그들은 모두 **"하우징 센터"**의 아름다운 모습과 또 멋진 프로젝트의 내용에 놀라면서 바로 회사에 들어가 상사를 모시고 다시 오곤 하였다.

그리고 해당 기업들 중 **"원더풀 하우징"** 직원들과 절친한 친구나 지인은 직원들이 초청하여 프로젝트 설명을 하면 모두 감탄을 하면서 자신들의 회사도 참여할 수 있도록 부탁하는 등, **"원더풀 하우징"**은 준비 단계부터 이렇게 무서운 속도로 알려지고 있었다.

거기에 더해, 조금씩 프로젝트가 알려지기 시작하자, 생각지도 않았던 일부 언론과 기타 매체 등의 취재 상담도 들어오고 있었다.

13. 두 대의 행복 열차

이렇게 시장조사와 업체 면담 등을 하는 과정에 모두들 프로젝트에 대한 놀라운 호평에 직원들도 힘든 줄 모르고 때로는 아름다운 사옥에서 캠핑 온 기분으로 야근들을 해 가면서 다음 달 마케팅 시작을 목표로 활발하게 들 움직이고 있었다.

원래 한적한 지역의 공장 건물이어서 2층에는 주방시설과 기숙사 시설도 있었기에 그 부분도 새롭게 현대시설로 만들어 직원들의 구내식당과 휴식처로 이용하고 있다.

모두가 인테리어 회사직원들이었고 건축도 전문 분야인 사람도 많아 놀라울 정도로 아름답게 궁전은 변해 가고 있었다.

그중에서도 **김민우**의 활약이 제일 대단하였다. 대형 건설사의 1급 건축 기술자로 있었던 경력이 이번 리모델링 작업에 큰 도움이 되었다.

건물도 아름답게 변해 가고 앞의 마당도 주차시설과 녹색의 잔디로 구성되어 정말 그림 같은 모습으로 변하고 있었다.

그 하루하루 빠르게 변하는 회사의 건물을 보며 직원들의 포부도 대단하지만 각종 생활용품의 생산회사 면담에도 처음에는 외곽에 있는 것에 대하여 시큰둥한 마음으로 왔다가, **"하우징 센터"**에 와서 보고는 아직 완성도 되지 않았건만 탄성들을 하고 돌아가 그것이 소문이 나서 **"원더풀 하우징"**의 위상은 점점 빠른 속도로 높아 가고 있었다.

　오늘은, 각계 손님을 초청하여 **"원더풀 하우징"**의 **"하우징 센터"**가 현판식 겸 정식 출범하는 날이다.

　유정은 아침 일찍 일어나 단장을 하고 난리다.
그것을 보며, **지원**은,
"질투 나네. 누구에게 잘 보이려고 그렇게 예쁘게 단장하고 난리네."
하자,
유정이,
"쳇, 가자는데 가지도 않고, 예쁘게 해서 다른 사람이라도 꼬셔야지."
하며 말하자,
지원이,
"조심해. 우리 붕어빵이 다 보고 있어."
하며 웃자,
유정이 깔깔 웃으며,
"아마, 우리 붕어빵도 아빠가 이러는 걸 보면 엄마 편을 들 거예요."
하며 깔깔 웃자,
지원이
"에이, 오늘 선물 하나 주려고 했는데, 안 줘!"
그러자 **유정**이,
"네, 선물? 그게 뭔데요? 네, 여보~~"
하며 또 애교 작전이다.

그러자, **지원**이 서랍에서 대봉투를 하나 꺼내 **유정**에게 준다. 봉투를 받아든 **유정**은 봉투를 열면서,

"여보, 이게 뭐예요?"

하며 말하면서,

봉투에서 꺼낸 서류를 보고 또다시 놀란다.

"어머, 이거 벌써 끝났어요?"

안에는 **"원더풀 하우징"** 이름으로 된 부동산 등기부 등본이 들어 있었다.

며칠 전, **법무사**의 연락을 받고 **법무사** 사무실에 가서, 예전의 지주의 딸과 함께 만나 명의 이전에 필요한 모든 서류를 받고 잔금을 주자, 지주의 딸은 그녀로서는 엄청난 큰 금액에 너무도 감격을 하였다.

그리고 **법무사**에게도 수고비 잔금을 주고, 가급적 빨리 **"원더풀 하우징"**으로 명의 이전을 부탁하고 왔는데, 어제 퀵서비스가 공장의 완벽하게 정리된 서류를 가지고 온 것이다.

서류를 본 **유정**은, 또다시 **지원**의 품에 안기며,

"여보~"

하며 다음 말은 하지도 못한다.

이제, 오늘 현판식에, 실질적인 모든 것이 모두 완벽하게 마무리된 것이다.

흉측하기만 한 낡은 공장을 보고 온 지 불과 2달이 안 돼 내, 외부 공사, 회사 이전, **"원더풀 하우징"** 프로젝트 준비, 부동산 서류 정리, 이 모든 것이 완벽하게 끝난 것이다.

이렇게, **유정**은 계속 기적의 기적 속에 살고 있었다.

현판식은 정말 성대하면서도 화려하게 마무리하였다.

지방 지자체는 물론, 그간 몇 군데 언론에서 방송을 한 덕분에 관심을 갖고 있는 관련 회사 임직원들과, 적지 않은 언론사에서도 취재를 위하여 참석하였다.

새로운 신기술이 우리 생활에 접목된 놀라운 프로젝트로 전 국민이 관심을 가질 수밖에 없는 프로젝트, 거기에, **"하우징 센터"**의 아름다운 내, 외부 그림 같은 시설도 참여한 모든 사람들의 탄성을 자아내고 있었다.

그리고 이러한 첨단 사업을 개발하여 이끌어 나가는 주인공도 아름다운 여성이었기에 더욱 참여한 사람들에게 관심을 끌었고, 따라서 **유정**은 하루 아침에 유명인이 되고 말았다.

"원더풀 하우징"이라는 새로운 회사는 사업 시작부터 고속으로 실적을 만들며 질주하는 행복한 회사가 되고 있었다.

현판식을 끝내고 돌아오는 날, **유정**은 서울로 돌아오는 도중 몸에 심한 이상을 느꼈다. 평생 느껴 보지 못했던 불편함이었다.
아마도, **"하우징 센터"** 작업과 엄청난 회사 업무로 너무 무리를 했다는 생각이 들었다.

그런데 다음 날 아침에도 몸이 편치가 않았다. 그래서 **어머니**나 **지원**에게는 아무 말도 하지 않고 출근하다 병원을 들렀다.

몇 가지 진맥을 하고 난 **의사**는 아무 말도 하지 않고 **유정**을 다른 병실로 데리고 갔다. 그곳의 진찰대에 누워 얼마를 진찰하고 내려오자,

의사는,

"축하합니다. 임신을 하셨습니다. 4개월 정도 되었고 여자아기입니다.

아픈 증세가 다른 여러 증상하고는 거리가 멀어, 혹시나 하여 내 임의로 이 병실로 와서 검사를 하였습니다. 헌데, 환자분의 현재 증상은 임신으로 인한 증상보다는 심한 과로로 인한 것 같습니다."

의사가 이렇게 얘기했지만, **유정**의 귀에는 아무 말도 들리지 않았다. 오직 임신했다는 말 이외는.

병원을 나서자 몸의 불편한 것은 거짓말처럼 사라진 것 같았다.

"와~~~ 나 이제, 진짜 붕어빵 엄마야!"

오직 이 생각뿐이었다.

병원에 들렀던 **유정**은 회사로 가지 않고 "푸드버스"로 가고 있었다.

그 시간 **지원**은 "푸드버스"에 참여한 십여 명의 젊은이들과 야외 테이블에 앉아 대화를 나누고 있었다. "푸드버스"에는 이제는 젊은 남성뿐 아니라, 여성도 참여를 하여 활기가 넘치는 것 같았다.

그리고 오늘은, 새로운 **"푸드버스"** 두 대가 다른 장소에 가서 새로 영업을 시작하는 날이다.

오늘부터 지원은 **"푸드버스"**의 조리 등 일반 작업은 작별을 할 것이다. 그간 직장도 없이 어려운 생활을 하던 젊은 사람들을 데려와 **"푸드버스"**의 조리, 영업 등의 교육을 시키고, 전에 있던 건설회사에 관리팀에서 근무하던 **박윤경**이라는 여직원이 경기 불황으로 회사의 인원 감축으로 회사를 그만두자 당시 함께 있었던 **김민우**가 이곳으로 오게 하였다.

그리고 **박윤경**에게 **"푸드버스"**의 관리 등 모든 것을 맡기게 되었다.

그리고 **"푸드버스"**의 운영 원칙을 1팀 3명으로 하여 늦게까지 영업하여야 하는 특성상 3명이 교대로 야근을 돌아가면서 하며 매일매일의 판매 수입은 **박윤경**이 관리하여 직원들의 급여와 각종 경비를 제외한 금액은 모두 저축하여 어려운 청년들을 모아 **"푸드버스"**를 계속 늘려 나간다는 계획이다.

그리고 직원들의 급여는 일반 회사의 급여수준 이상으로 지급하여 이곳의 젊은이들이 장래 안정된 생활을 할 수 있게 한다는 원칙을 세웠다. 그래서 이 **"푸드버스"** 역시 어려운 젊은이들의 미래 희망의 요람이기도 하다.

젊은이들에게 **지원**은,

"우리는 일을 하는 것이 중요한 것이 아니고 그 이전에 마음이 중요하다. 사람들은 주위 사람을 평하면서 존경할 만한 사람에게는, 흔히 **'저 사람은 격이 다른 사람이다'**라는 말을 많이 한다.

그 말은,

저 사람 잘생겼다.

저 사람은 많이 배운 사람이다.

저 사람은 아주 높은 사람이다.

라는 말보다,

훨씬 중요한 말이다.

격이 다르다는 것은, 자신이 평가하는 것이 아니라 남들이 평가하여 주는 것이다.

그럼 격이 다르다는 것은 사회생활에 어떠한 영향을 줄 것인가?

자,

우리는,

'푸드버스'에서 붕어빵을 만들고 있다.

그런데 어느 곳에서 만든 붕어빵은 맛은 있지만 만든 사람은 성질도 그렇고 주위로부터 영 평판도 좋지 않은 사람이다. 그리고 또 다른 어느 곳에서 만든 붕어빵은 맛은 조금 시원치 않지만 그것을 만들어 파는 사람은 항상 밝고 명랑한 사람이다.

그런 것을 아는 사람들은 과연 어디의 붕어빵을 사먹을까?

우리가 생각하기는 아무것도 아닌 것 같지만,

그것은,

자신의 삶에도 큰 영향을 준다.

주위 사람들로부터 부정적인 판단을 받고 사는 사람은 항상 불안하고 우울하기만 한 삶을 살게 될 것이고, 긍정적인 판단을 받고 사는 사람은 자신의 삶을 살아감에 있어서도 항상 즐겁고 행복한 삶을 살 수 있는 것이란다.

이렇듯, 남을 평가하는 데 흔히 쓰는 '**격이 다른 사람**'이라는 말은 우리가 평가하는 사람을 긍정적인 의미로 판단한 것이라고 할 수 있을 것이다.

그것은 거의가 선천적인 품성에서 만들어지지만, 때로는, 배우고 익히며, 그리고 사회생활을 하는 과정에서도 개인의 행동에 따라서 만들어질 수 있는 말이라고도 생각한단다.

그러니, 여기 모인 우리 젊은이들도 지금까지 살아온 것은 하나도 중요하지가 않단다.

앞으로 살아감에 있어 과거의 고칠 것은 고치고 다른 사람들의 격은 배우고 하면서 자기 자신을 만들어 가는 것은 어떻겠니. 그럼 자네들이 만드는 붕어빵도 격이 높은 붕어빵이 되지 않을까?"

하고 말하니 모두 재미있어 하며 박수를 치며 웃는다.

그런데,
뒤에서도 누가,
"원더풀" 하면서 박수를 친다.

그래서 뒤를 돌아보니 **유정**이 조용히 몰래 와서 듣고 있었던 것이다.

깜짝 놀란 **지원**이,

"뭐야! 아침에 출근도 안 하고."

하고 말하자,

유정은 앞에 젊은이들이 있건 없건 **지원**의 팔을 잡으며,

"여보, 나 이제 진짜 붕어빵 엄마 됐어요."

그 말에 처음엔 **유정**이 젊은 친구들 앞에서 다정히 팔을 잡아 민망했었는데 이제는 **지원**이 더 세게 **유정**의 팔을 잡으며,

"뭐, 그래, 그게 정말이야? 에구~ 우리 **유정**이 붕어빵 만드느라 정말 수고했네."

그러자 앞에 있던 젊은이들이 모두 일어나 박수를 치면서 "축하합니다. 축하합니다~~~" 하면서 노래를 부르며, 모두가 기뻐해 주고 있었다.

그때,

박윤경이,

"에구, 약 올라. 이사님, 아기 내가 먼저 낳으려 했는데."라고 하자, 또 장내는 웃음바다다.

그러자,

유정이,

"아니, 괜찮아. 너도 하나 나."

라고 말하자,

박윤경은,

"에구 이제 이미 늦었어요. 저 이제 이사님보다 더 멋진 애기 아빠 만들었

어요."

하자, 또 웃음바다다.

이렇게 맑고 밝은 **"푸드버스"** 야외 잔디 위에는 행복의 향기가 넘쳐나고
있었다.

14. 복중에 복

현판식을 마친 지 6개월!

"하우징 센터"는, 예비 신혼부부, 새로운 집에 입주하려는 사람, 그 외에, 많은 사람들의 방문이 이어지고 있었다.

방문객들은 자신들의 일이 끝나도 돌아가지를 않고, 아름다운 야외 휴식처에서 휴식을 즐기고 가는 사람들이 많았다.

1층의 상담실은 항상 상담하는 사람들도 차 있기에 기다리는 사람들을 위하여 대기실에도 여러 개의 모니터를 설치하여 기다리면서 당사자들이 원하는 가구, 가전제품 등을 미리 선택할 수 있도록 시설을 하였다.

상담하는 사람들이 각 제품들을 선택하면 인테리어 공사비부터 자신들이 선택한제품의 가격이 바로 나오기에 바로 계약서에 서명하고 계약금을 납부하면 바로 공사가 시작되며 선택한 제품의 발주를 하게 된다.

선택한 상품의 가격은 타 판매 매체에서 판매하는 가격과는 비교도 안 되는 가격이다.

바로 앉아서 고객 한 사람에게 평균 수천만 원 이상의 매출을 올리고 있는 것이다.

그리고 더욱 많은 고객들이 찾는 까닭은,

어느 날, **유정**이 팀장들과 자연 녹지를 둘러보다가,

"이곳에 대형 온실을 만들어 보세요. 그리고 그곳에 사람들이 좋아하는 다양한 분초를 재배하여, 우리 회사를 방문한 고객들에게 이곳에 와서 마음에 드는 분초를 선택하면, 그 고객의 집에 인테리어가 끝나고, 가구가 들어갈 때 고객이 선택한 화초를 예쁜 화분에 심어 선물해 드리세요."

하며 얘기를 하여, 바로 실행을 하여, 이곳을 찾아온 고객들에게 집의 가구 배치 등 모든 것이 끝났을 때 큼직한 화분을 선물하자 그것도 소문이 돌아, 더욱 많은 고객이 생기기 시작했다.

이 같은 **유정**의 생각은 그 하나하나가 **"원더풀 하우징"** 발전의 기둥이 되었다.

"원더풀 하우징"의 직원은 계속 증원을 하여, 지금은 시공 팀까지 하여 1,000명을 넘어가고 있었다.

"하우징 센터"의 면적도, 이제는 넓은 곳이 아니었다.

이에, 한쪽 자연녹지의 땅에 자연녹지는 용도에 따라 건축이 가능한 토지이기에 임시 가건물을 설치하여 시공 팀과 운송 팀이 상주하고 있고, 한편으로는, **법무사**에게 부탁하여 자연녹지의 형질변경을 부탁하여 **법무사**는 그 작업을 하고 있었다.

그곳의 땅이 대지 등으로 형질 변경되면 그곳에 정식으로 대형건물 건축을 **유정**은 계획하고 있다.

또한, 그간 각 팀별로 운영하던 체제를 지금은 각 업무부서마다 이사를 두고 있으며 그 상위 직급인 상무와 전무도 두어, 이제, **유정**은 보고 위주로 회사를 이끌어 가고 있었다.

더구나, 지금 **유정**은 거의 만삭을 앞두고 있다. 이제 얼마 있지 않으면 붕어빵 딸이 태어난다.

회사에서는 임원과 직원들은,

"**사장**님, 이제 **사장**님께서 쉬셔도 회사는 아무 걱정 없습니다. 허니, 출산 때까지 쉬세요."

하면서 모두들 **유정**을 걱정한다.

집에서는 건강이 많이 회복되신 **어머니**는 예전에 **유정**이 **어머니**를 보살펴 드렸듯이 이제는 **어머니**가 매일매일 너무 기뻐하시면서 **유정**을 챙겨 드린다.

단지 딱 한 사람, **지원**만은 쉬라는 말 한마디는커녕 어떨 때는 **"푸드버스"** 일까지 부려 먹는다.

그럼 **유정**은,

'그래 어디 두고 봐. 앞으로 여자 둘한테 아주 큰 골탕을 먹을 테니…'

하면서 귀여운 투정도 한다.

그리고 얼마가 지나 **유정**은 예쁜 딸아기를 출산하였다. 산모와 아기는 모두 건강하였다.

유정이 출산을 하자, **지원**은 병원 침대에 누워 있는 **유정**에게,

"여보 수고 많이 했어."

라고 하자,

유정이,

"흥 이제 자기 아기 낳아주자 '여보'라고 하네."

하며 웃는다.

이때 **간호원**이 아기를 데려와 **유정**의 품에 안기고 나간다. 아주 예쁜 아기였다.

그러자 **유정**이 아기에게 젖을 물린다.

그러자 옆에서 보며 신기해하던, **지원**이

"아가, 맘마 먹어. 아빠가 먼저 먹어 봤더니 아주 맛있었어!"

라고 얘기하자,

유정이 깔깔 웃으며,

"에이구, 애기 앞에서 무슨 말이에요. 하여간 못말리는 아빠야!"

라고 하며 애기를 보면서,

"아가, 아빠 말 절대 듣지 마라. 이제부터 너하고 엄마하고 아빠 실컷 골려주자."

라고 말하니,

지원이,

"에구 붕어빵이 세상에 나오자마자 잘한다."

하면서 함박웃음을 짓는다.

이렇게, **지원**과 **유정**은 또 하나의 행복도 만나게 되었다.

15. 모범생의 정답

아기를 출산하고 난 **유정**은 가끔, 아가의 울음소리로 집안의 분위기가 새로운 행복으로 가득한 집에서, 충분한 휴식을 끝내고, 회사로 출근하기 시작하였다.

아기의 육아는 **유정**이 출근하고 나면 이제 "푸드버스"의 일은 법인을 설립하여 **박윤경**을 대표이사로 하여 그녀에게 경영을 일임하여 새로운 사회사업을 구상하고 있는 **지원**이 일이 없을 때는 아기 곁을 떠나지 않고 돌보고 차분한 **가정부**도 그리고 **어머니**도 서로 아기와 함께 있으려 하고 있다.

출산 후 **유정**이 출근하자 회사의 전 직원들은 모두 유정의 출산을 축하하며, 그 또한 회사의 큰 성과와 함께 **유정**의 출산이 또 하나의 회사 축제였다.

그러나 오랜만에 출근한 **유정**은 또 다른 과제에 부딪치고 있었다.

그것은 **호사다마**라고, "**하우징 센터**"에 하루가 다르게 고객이 몰리자, 주말과 휴일에도 개방을 하고 있는 "**하우징 센터**"임에도 너무 많은 사람들이 방문하는 바람에, 나중에는 와서도 온 목적을 이루지 못하고 돌아가는 사람들이 생기고 나중에는 그것이 부정적인 소문으로 번지는 기류까지 보이고 있었다.

현재, 국내 경제는 계속 위기의 국면 속에 좀처럼 하락세에서 벗어나지 못하고 있지만, **"원더풀 하우징"**의 고객은 오히려 늘어만 가고 있었다.

그것은 경기가 위축되기에 신축 아파트의 분양이나 결혼하는 남녀의 숫자는 줄어드는 것이 현실이지만, 그와 반대로 그러한 고객 계층의 **"원더풀 하우징"** 이용 비율은 그 고객층의 줄어드는 비율보다 이용하는 비율이 훨씬 높기 때문이다.

그러기에, 회사의 직원들은 항상 고객들이 붐비기에 불만고객들의 소리는 별로 대수롭지 않게들 생각하고 있으나, **유정**은 그 문제에 대하여 매우 심각하게 생각하고 있었다.

그래서 상담실을 늘리고, 상담인원을 늘려도 계속 늘어나는 고객을 커버하기는 언제나 역부족이었다.

그러자 **"원더풀 하우징"**과 비슷한 사업을 시작하는 회사도 하나둘 생기기 시작하고 그리고 때로는 그들의 비양심적인 사업 운영으로 그로 인한 이 시장의 부정적인 시각도 생기기 시작하였다.

이러한 현실 속에 **유정**은 또 다른 어려운 숙제를 가질 수밖에 없었다.

지원은 얘기한다.

"사람의 생이란 항상 파도와 똑같다. 파도가 올라갔다, 내려왔다, 하는 것처럼, 사람들의 삶도, 좋을 때가 있으면 나쁠 때가 있고, 슬픔이 있으면, 또 기쁨도 있다. 힘들 때가 있으면 또 편할 때가 있다.

이렇듯 모든 세상의 이치가 파도와 똑같기에 우리가 생활을 함에 있어서도, 그때그때 현명하게 대처하며 살아간다면 항상 변함없이 규칙적으로 움직이는 파도와 같이 살아갈 수 있을 것이다."

라는 말을 하였는데, 지금의 이 업계의 현실을 보면 미래의 상황이 조금은 우려되기도 한다.

이렇게, **유정**은 지금은 활기 넘치는 회사이지만 현실이 만들어 주는 미래를 생각지 않을 수 없었다.

사업이란, 어느 분야의 사업이든 매 순간순간이 극과 극을 달리기도 한다.

"내가 너무 예민한 건가? 지금 이렇게 **거친파도** 속을 순항하고 있는데……."

그날 저녁 **유정**은 **지원**에게 자신의 고민을 자세하게 털어놓았다.

그러자, **유정**의 말을 다 듣고 난, **지원**은
"과연 당신은 최고의 사업가야.

남들 같으면 지금 같은 상황이라면 현재의 만족에 취하여 당신이 지금 이야기한 문제 같은 건 눈에 보이지도 않을뿐더러 먼 앞날은 생각지도 않을 텐데. 지금 당신의 생각은 하나도 틀리지가 않아. 당신이 우려하는 문제는, 결코 작은 것이 아니야. 잘나가고 있을 때 대비하여야 하는 것이 정확하게 맞는 거야!"

그러자,

유정이,

"그럼 어떻게 해야 되죠?"

이에,

지원은,

"문제가 생기면 사람들은 모든 것을 조심하며 움츠러트리는 데, 때로는 현재보다 더욱 크게 일을 저지르는 것이 그 해답이 될 수도 있어. 그래서 더욱 탄탄해진다면, 그것이 바로 전화위복이 아닌가?"

하며 빙그레 웃자,

유정이,

"아이 어떻게~~"

하며 답을 조른다.

그러자 **지원**이,

"지금 내가 보았을 때는, 사업이 잘된다고 하니 너도 나도 달려들려고 하는데, 그것은 어쩌면 자유 경제 체제의 경쟁에서는 당연한 것이야. 그것을 막을 방법은 아예 들어올 엄두를 내지 못하도록 **'원더풀 하우징'**의 규모를 더욱 크게 만드는 거야."

그러자,

유정이,

"여보, 지금 이 이상 뭐를 더 크게 만들어요. 지금 우리 회사는 무엇이든지 최대인데요."

이에,

지원은,

"여보, 사람이 살아가면서 가장 중요한 것은, **발끝만 쳐다보고 살면 물질에 대한 욕심과 쾌락만 보이지만 조금 머리를 들어 앞을 쳐다보면서 살면 미래와 행복도 보이듯**, 사업도, 지금 현재에 안주하면 미래의 어려움을 극복하기 힘들고 발전하기도 어려운 것이야.

지금 당신 회사의 극복은 더욱 크게 사업의 규모를 확장시키는 거야. 그 확장이라는 것은 지금 방식의 확장이 아니라 새로운 방법의 확장이야. 첨단이라는 말이 붙는 사업은 항상 새로움이 없으면 그 사업은 결국 종국에는 어려운 사태가 올 수밖에 없어. 더구나 사업이라는 것은 언제나 경쟁의 전쟁터이기에 피할 수 없는 것이야."

그렇게 **지원**이 이야기하자,

유정은,

"당신 말이 전부 맞는 말인데, 우리 같은 경우는 이 분야의 첨단이라는 것을 접목하여 시작한 지 불과 1년 남짓한데 어떤 기술이 더 들어가야 하는지 너무 어려워요."

하니 **지원**이 웃으며,

"좋아, 그럼 내가 알려 줄게. 그럼 당신은 나한테 뭘 해 줄래?"

하며 웃으며 말하자,

유정은,

"응? 뭐 해 주지? 아~ 뽀뽀!"

라고 하면서 깔깔 대자,

지원이,

"하기사, 당신한테는 그것밖에 없으니."

라고 하자,

유정은,

"칫 우리 붕어빵도 있는데…."

하며 깔깔 댄다.

지원도 웃으며 이야기를 한다.

"여보, 지금 **'원더풀 하우징'**의 문제는 너무 잘되는 문제로 인하여 생긴 것이야. 그것은 고객이 너무 많기에 그것으로 인하여 모든 고객을 소화하지 못하자 **'원더풀 하우징'**을 이용하려다가 이용하지 못하자 그것에서 문제가 생기게 된 것이야. 그럼 이 문제를 풀 수 있는 방정식을 무얼까?"

그러자,

유정이,

"그럼 시설을 확장하고 인원을 늘리는 수밖에 없겠네요."

그러자,

지원은,

"그것은 단지 임시방편일 뿐이야. 지금까지 **'원더풀 하우징'**은 그런 식으로 해 왔지 않아. 이제는 다른 방법을 모색하여야 할 단계야. 이 프로젝트에 대한 반응도 알았고, 이 프로젝트에 대한 사업의 운용도 익혔으니, 이제 지금 문제의 방정식의 X는, 전국의 모든 사람들이 불편 없이 이용할 수 있도록 만드는 것이 이 방정식의 정답이야.

그래서 내 생각인데, **'원더풀 하우징'** 서비스에 대한 것은 이제 모든 국민들이 알고 있어. 그러니 이 서비스를 모든 국민들이 편리하게 이용할 수 있도록 하게 하면 되는 거야.

이제는 고객은 기업의 신뢰도를 제일 우선으로 하고 있어.

지금 **'원더풀 하우징'**은 그 문제에 대하여서는 이미 모두가 인정하고 있는 회사야. 고객이 와서 보지 않아도 자신이 필요로 하는 것을 결정하게 할 수만 있다면 이 답은 풀리는 것이야.

그래서 내 생각은, 맨 처음 시작할 때 만든, 홍보용 앱에, 지금 고객이 왔을 때 상담실에서 보여 주는 프로그램을 홍보용 앱에 넣어 그 앱 속에 각종 플랫폼이 있으니, 고객들은 구태여 **'하우징 센터'**에 오지 않아도 자신들이 원하는 목적을 달성할 수 있도록 만드는 거야,

그리고 지금까지는 **'하우징 센터'**가 서울 인근에 있다 보니 수도권 고객이 대부분이었지만, 이렇게 앱을 통하여 하게 되면, 전국의 국민이 **'원더풀 하우징'**을 이용하게 될 수도 있어.

이 방법은 **'원더풀 하우징'**을 처음 시작하였을 때는 생소하여 불가능한 방법이었지만 **'원더풀 하우징'**이 널리 알려진 지금은 어쩌면 바쁜 고객들에게는 이 방법이 더 어필할 수도 있을 거야.

이때, 전국 대도시에 인테리어 공사 등 각종 관리 업무를 위한 지사의 설치도 필수가 될 수도 있어."

이렇게 **지원**이 이야기하자,

유정은,

"역시 당신은 최고의 붕어빵 아빠야!"

하면서,

지원의 입에 뽀뽀를 쪽 한다.

그리고,

"이거, 약속한 뽀뽀!"

하며 깔깔 댄다.

하면서,

"이제, 아무 걱정 마. 이제부터는 내 몫이야. 역시 우리는 환상의 콤비! 그러죠. 여보!"

하면서,

또 뽀뽀를 쪽 한다.

그러면서,

"이건, 보너스!"

하며 깔깔 웃는다.

이에 **강지원**도, 한바탕 밝은 웃음을 보낸다.

16. 수직상승

다음 날, 출근을 하자마자, **유정**은 **임원진**과 전 간부사원을 모이게 하여, 회의를 시작하였다.

유정의 전체 회의는 정말 오랜만에 있는 일이었다.

유정은,

아직 회사의 심각성을 깨닫지 못하고 있는 직원들에게 지금의 시장 흐름의 심각성에 대하여 이야기하고 이에 대한 대책을 이야기하겠다고 하여, 어제 **지원**으로부터 들은 방법에 대하여 자세하게 이야기하고 이에 대한 신속한 추진을 지시했다.

그리고 **지원**의 계획에 더하여 **유정**은 회사의 공원부지에 지자체와 협의하여 대형 콘도의 건설을 계획하여 보라고 지시했다.

그래서 그 콘도는 "**원더풀 하우징**"을 이용한 고객들이 누구라도 그리고 언제라도 이용할 수 있도록 하면 지방에서 "**원더풀 하우징**"을 이용한 고객들도 "**하우징 센터**"에 와서 가족들과 즐겁게 아름다운 자연에서 지낼 수 있어 "**원더풀 하우징**"의 위상은 더욱 단단해질 것이고 그리되면 다른 어느 유사 업체든 경쟁의 상대도 되지 못할 뿐 아니라 스스로 도태될 수밖에 없을 것이라고, 설명하였다.

유정의 이야기를 들은 **임직원**들은 다시 한번 **사장**의 역량에 대한 놀라움을 금치 못하고 **유정**이 지시한 사항은, 각 부처 별로 신속하게 만들어 나가기 위한 회의를 그날 하루 종일 진행하였다.

다음 날부터는 각 부서별로 앱 제작, 지점의 설치 준비, 지점 근무자들에 대한 모집 및 교육 등 세무적인 추진 작업을 진행하였고 시설 관리팀은 콘도 건설과 관련된 업무를 추진하기 시작하였다.

유정과 **임직원**, 모두는, 이 방법이 시작되면 회사 실적이 아마도 지금의 2배 이상은 커질 것이라는 예상과 함께 이를 위한 준비 작업에 최선을 다하기로 서로 결의를 하기도 하였다.

이후, 실질적인 2단계 **"원더풀 하우징"** 프로젝트 추진 작업은 신속하고 정확하게 추진되었다.

"원더풀 하우징"의 매출은 하루가 다르게 늘어 가고 있는 추세다. 지금도 하루 수백 건의 고객 계약이 이루어지고 있었다.

고객 한 명당 매출은 작게는 이천만 원 대에서 많게는 오, 육천만 원이나 된다. 그것이 하루 수백 건이면 일반 기업에서는 상상을 할 수 없는 금액이다.

물론 그 매출에는 생활필수품 구매 대금이 포함된 금액이기에 그 금액의 일부는 바로 제조사에 지불하여야 되는 금액이지만 그래도 그 매출은 엄청난 금액이다.

실내 인테리어 공사도 늘어나 자재관리 등의 업무도 엄청난 크기의 창고가 필요하고 생필품 업체에서도 일부는 **"원더풀 하우징"**에 직접 납품하기에 그 창고도 엄청난 면적을 요구하였다.

그래서 **유정**은, 인근에 이만여 평의 토지를 매입하여 대형 창고 겸 사무실을 만들어 **"하우징 센터"**에 임시 가건물을 지어 사무를 보던 설계와 시공팀은 불과 1년도 안 돼서 새로운 건물로 이전하여야만 했다.

참으로 극과 극을 달리고 있는 것이다. 불과 1년 전여 전만 해도 암울하기만 한 앞날을 걱정하였던 **유정**이 지금은 엄청나게 커져만 가는 회사가 오히려 가끔은 무서울 지경이다.

그러나 지금은 임원과 간부가 된, 전에 데리고 있던 직원들과 **김민우**가 있어 항상 동생들과 누나가 운영하는 한 식구 같은 회사 같아 든든하기도 하였다.

2단계의 추진 준비가 마무리되자, **"원더풀 하우징"**은 무슨 화산이 폭발한 것만 같았다.

고객들은 앱을 다운 받아 인테리어하려는 자신의 거실 등의 모양과 같은 거실 도형을 선택하여 길이를 입력하면 화면상의 크기에 비례한 비율이 입력되고, 그런 후에 각 플렛폼의 가구 가전 각 플렛폼 카탈로그에서 가전, 가구 등을 하나하나 선택하여 화면에 희망하는 위치에 커서를 찍으면 저장된 비례의 크기로 입력되어 그 작업이 다 끝나면 마치 예쁜 거실 사진을 찍은 것 같은 영상이 나타나기에 고객들은 너무도 신기하여 하루 종일 그 작업을 하고 즐기는 사람들도 많은 것 같았다.

또한, 앱의 가구 가전품들은 항상 신제품이 나오기에 앱을 이용하는 고객은 회사에서 보내는 메시지를 보고 그때마다 업 그레이를 시켜 최신 제품을 해당 플렛폼에 저장하도록 하였다.

이러한 편리로 지방의 고객도 **빠른** 속도로 증가하고 있고 따라서 설계, 시공, 그리고 마무리를 위한 운송 팀의 인원도 엄청나게 늘어나고 있었다.

현재 국내의 경제 상황은 최악의 상황으로 무역수지도 계속 적자를 보이고 있으며 기업의 불황과 도산으로 실업자들도 지속적으로 늘어나기만 하는 것이 국내 경제상황이다.

이러한 상황이 국내 상황임에도 불구하고 **"원더풀 하우징"**은 하루가 다르게 번창하고 있는 중이다.

이제 더 이상 **"원더풀 하우징"**은 걱정할 것이 전혀 없는 회사로 수많은 직원들의 내일을 위하여 국내의 **거친파도**를 거침없이 넘어가고 있었다.

17. 이별 뒤의 행복

    이제 예쁜 재롱을 피우기 시작한 아기는 온 집안의 꽃으로 온 집안사람들의 사랑을 받으며 모든 가족을 꿈길로 인도하고 있다.

    요즘 이 가족의 즐거움은 모두가 아기와 넓은 거실에 앉아 귀여운 아기의 재롱을 보며 담소를 하는 것이다.

    어느 날 저녁, **유정**은 **지원**에게,
    "여보, 나 회사에 있으면, 빨리 집에 들어가고 싶어 미치겠어요."
    하자,
    지원이,
    "왜, 나 보고 싶어서?"
    라고 하니,
    유정이,
    "에구, 웃기고 계시네. 당신은 이제 징그럽게 많이 봤는데 보고 싶긴 뭐가 보고 싶어요!"
    라고 하자,
    지원이,
    "안 되겠군. 내일부터는 이제 슬슬 외박을 시작해 볼까!"
    라고 하니,

유정이 웃으며,

"훙, 이젠 마음대로 하세요. 난 우리 붕어빵하고만 있어도 좋아요."

하면서,

"그래서 말인데요. 나 잘못하면 우리 붕어빵 당신한테 뺏길 것 같아. 이제 회사는 그만 나가려고 해요."

라고 하자,

지원이,

"그래, 그만큼 키워 놨으면, 이제 당신 쉬는 것도 좋을 것 같아."

라고 하며, **지원**은 쾌히 **유정**의 뜻에 찬성을 한다.

그러자 **유정**은,

"헌데 여보, 나 회사를 정리해도 그 회사는 당신이 만들어 준 회사지만 내 지분이라든지 내 자산이라든지 하는 것은 다 회사에 주고 나오려 해요. 지금껏 살아와 보니, 돈이라는 것은 가정의 행복에 어떤 도움도 되지 않는 것 같아요.

그리고 내가 그만두는 가장 큰 이유는 사업에 매달리는 그 시간에 가족과 함께하는 그 기쁨이 진정한 행복이라는 것을 당신을 만나고 나서 또, 우리 아기가 태어나서야 비로소 알게 되었어요.

이제 회사는 내가 없어도 충분히 성장할 수 있는 기반이 되어 있어요. 그 기반은 앞으로 수많은 사람들의 요람으로 충분히 자랄 수 있을 거예요.

저, 다음 주에 회사를 정리해도 괜찮은 거죠?"

하고 이야기하자,

지원이,

"과연 우리 붕어빵 엄마야! 당신 정말 훌륭하고 대단한 결심을 했어! 우리 마누라, 정말 최고야."

하면서, 지원은 유정의 생각에 아주 반가워해 준다.

월요일 아침, 회사에 출근한 **유정**은 아침에 임원회의를 주제했다. **지원**에게는 이번 주까지 정리하겠다고 얘기했지만, 기왕 생각한 거, 월요일에 끝을 내야지라고 생각하고, 임원회의를 소집한 것이다.

이 자리에서 **유정**은,
"이제 우리 회사는 어떠한 태풍이 불어도 건재할 것이다. 그래서 이제 회사의 모든 것을 우리 사랑하는 직원들에게 물려주고 오늘 나는 떠나려고 합니다."
라는 **유정**의 말에 모든 임원들은 깜짝 놀란다.

이 큰 회사, 이 건강한 회사, 이러한 회사를 갖은 역경을 이겨 가며 만들어 놓은 **사장**이 그만둔다고 하니 회의에 참석한 모든 **임원**들이 놀라는 것은 당연한 것이다.

"**사장**님 안 됩니다. 절대로 이대로 **사장**님을 보내드릴 수는 없습니다."
하며 난리들이다.

그러자 **유정**은,
"아닙니다. 생각이 났을 때 떠나야 합니다. 나는 지금껏, 우리 '**원더풀 하우징**' 때문에 나의 가장 소중한 행복을 버리고 있었습니다. 나도 이제부터는 행복한 삶을 살 수 있도록 여러분들께서 도와주시기 바랍니다.

지금까지 나는 사업을 할 때나, 무슨 일을 할 때나, 한 번 결정한 것은 절대로 번복한 적이 없는 사람입니다. 그러니 여러분들께서 나의 마지막 도움을 허락하여 주시기를 부탁드립니다.

사장이 떠나갈 때는 직원들에게 사직인사를 하고 떠나는 것이 원칙이겠지만, 그럴 경우 저는 너무 슬퍼서 떠날 수가 없을지도 모릅니다.

그러니 **관리이사**는 저의 회사 지분 전부를 직원들에게 나누어 줄 수 있는 절차를 밟아 주시기 바랍니다.

그리고 내가 떠난 후 공석인 대표이사 자리는 여러분들께서 양심적인 경영인을 뽑아 세우시고 임시 대행은 **김민우** 전무가 맡아서 해 주시기를 바랍니다. 이후 만일 회사의 사직에 필요한 제반 서류가 있다면 **김민우** 전무를 통하여 보내드리도록 하겠습니다.

부디 회사의 번영과 전 직원의 행복을 기원하겠습니다."

라는 말을 마지막으로 눈물을 흘리며 막는 임원들의 애원을 뿌리치고 **유정**은 회사를 나왔다.

이제 3층의 양옥집은 하루 종일 웃음소리가 가득하다.

그리고 가장 중요한 사실은, 이제 **지원**과 **유정**은 완전히 백수가 되었다는 사실이다. **지원**도 모든 업무에서 손을 떼고 이제는 가끔 사회사업에 대한 일만 하고 있었다.

그동안 지원은 **유정**에게 계속 붕어빵을 넣어 주어 이제 **유정**은 딸 둘, 아들 하나의 엄마가 되었고, 큰딸은 벌써 초등학교 5학년, 아들은 초등학교 3

학년, 막내딸은 초등학교 1학년이 되었다.

이렇게 이제는 초등학생 부자, 자식부자가 되었다.

병환의 **어머니**는 무슨 기적처럼 70이 훌쩍 넘으셨는데도 그간 많이 회복되서서 요즈음은 정정한 것 같은 모습도 보이시고 계신다.

가정부는 여기 가족의 배려로 그동안 떨어져 살고 있었던 **아들**을 데려와 함께 살다가 학교를 졸업하고 그 **아들**이 "**원더풀 하우징**"에 취업을 하여 얼마 전 결혼을 하였는데, 그 신혼부부도 **어머니**와 **유정** 부부의 간곡한 권유로 한집에서 살고 있다.

지금까지 조용하기만 했던, 이 집은 이제,

1층에는 **어머니**와 **가정부**, 그리고 아들 내외,

2층에는 **어머니**의 소중한 **손녀**와 **손자** 3명,

그리고

3층에는 **유정**의 부부가 살고 있어,

이제는, 항상 활기차고 즐거운 집이 되었다.

1층에 살고 있던 **가정부**는 이제는 더 이상 **가정부**가 아니고, **지원**과 **유정**은 누님, 언니 하면서 친남매 이상으로 친근히 지내며, 자녀들도 **유정**의 아이들은 **가정부**에게 **이모님**이라 하고, **가정부**의 **아들**도 유정에게 **이모님** 하면서 정말 친근한 가족들이 되었다.

그리고 집안일도, **새댁**과 **유정** 등 모두가 함께하고 있었다.

18. 진정한 행복

"하우징 센터"는 이제 모든 사람들의 최고의 명소가 되었다.

새 아파트에 입주하려는 사람은 물론, 이사를 하려는 사람, 결혼을 앞두고 있는 사람 등, 모두가 당연하게 찾는 곳이 **"하우징 센터"**다.

따라서 생활용품 제조회사는 신상품을 개발하면 우선 찾는 곳이 **"하우징 센터"**이고, 때로는 신상품 개발을 위한 조언까지 구하기도 한다.

"하우징 센터"는 업무를 수행하는 회사 건물이 아니라, 아름다운 자연과 첨단이 아주 조화롭게 공존하는 대한민국 최고의 휴양의 명소가 되었다. 이곳에서는 이제 설계나 시공 등의 업무는 볼 수도 없었다.

이에 **"원더풀 하우징"**은 할 수 없이 도심에 대형 건물을 매입하여 이곳을 본사로 쓰게 되었고, 설계와 시공업무를 보던 건물은 전체가 회사의 창고로 사용되고 있다.

이제 벌써, **"원더풀 하우징"**이 출범한 지 10주년이 되는 날이다.

10주년 기념식은 서울 본사 대강당이 아닌 **"하우징 센터"** 운동장에서 열

리게 되었다.

그때 회사에서는 **유정**에게 꼭 참석해서 축사를 하여 달라고 부탁을 하였지만, **유정**은 계속 거절하였다.

그러자 어느 날 집에 지금은 **"원더풀 하우징"**의 부사장으로 근무하고 있는 **김민우**와 지금은 "푸드버스" 100대 이상의 커다란 회사가 된 **"푸드버스"**의 사장이자 **김민우**의 부인인 **박윤경**이 찾아왔다.

오랜만에 만난 그들은 **언니, 형님** 하면서 너무들 반가워하였다. **지원**과 **유정**은 두 사람들에게는 행복을 만들어 준 평생의 은인과도 같은 사람들이다.

"원더풀 하우징"과 **"푸드버스"** 두 회사의 이야기를 하던 두 사람은 **민우**가,

"**누님**, 이번 10주년 기념식에 꼭 나와 주세요. 이번 기념식에 **누님**이 오셔서 한 말씀 해 주시는 것처럼 행사를 빛나게 할 수 있는 건 아무것도 없어요. 지난번 5주년 기념식에도 나오지 않으셨잖아요."

그러자, **유정**이,

"**민우**야, 나는 이미 **"원더풀 하우징"**에 대한 건 다 잊어버렸어. 모르는 사람들은 대기업 수준이 된 그 회사에 대하여 아깝지 않느냐는 말들을 하지만 내가 그곳을 미련 없이 나온 건 우리 가족의 **'내일을 위해서'**야.

내일의 행복이란, 물질과 욕심으로서는 절대 이룰 수 없어. 그것보다 소

중한 것은 지금 함께 있는 가족들이야. 만약, 내가 계속 회사 업무를 보고 있었다면, 지금과 같이 가족과 매일매일 즐겁게 지내는 모든 것을 잃어버릴 수밖에 없어.

그 소중한 것을 어떻게 금전과 비교할 수 있겠니. 나는 내가 만들어 놓은 **'원더풀 하우징'**이 수많은 사람들에게 행복과 기쁨을 준다면 더 이상 바랄 것이 없단다."

그렇게 얘기하자,

"**누님**의 말씀은 하나도 틀린 것이 없어요. **형님**과 **누님**은 우리가 살아간다는 것에 대한 교과서이자, 사람들과 우리 사회의 교과서예요.

그러기에 그날 나오셔서 한 말씀을 해 주세요. 그것은 **누님**이 만들어 놓은 우리 회사에 커다란 교훈과 물질 만능주의가 판치는 혼탁한 이 사회에 살아가는 모두에게 다시 한번 올바른 길을 찾아주는 계기를 만들어 줄 거예요."

그러자, **지원**도 옆에서,

"그래, **민우** 말이 맞아. 이번에는 한번 참석해 보도록 해."

라고 그러자,

유정은,

"에구, 정말 나를 도와줄 생각은 안 하고 오히려 괴롭히고 있네. 좋아요, 내가 갈 테니, 당신도 같이 가요."

하자,

지원이,

"뭐 내가? 웃기고 있네. 나는 아무것도 아닌데 내가 왜 가니?"

그러자 **유정**이,

"에구 참, 당신이 왜 아무것도 아니야! 그 프로젝트를 창조한 사람은 바로 당신이야. 그리고 '**하우징 센터**'를 만든 사람은 어느 누구도 아닌 바로 당신이야."

그러자 **지원**이,

"그런 거야? 나 그거 다 잊어버렸는데."

그렇게 얘기하자,

박윤경이 **지원**에게,

"**오빠**! 그럼 **오빠**도 우리 붕어빵 기념식에도 오시지 않으실 거예요?"

그러자 **지원**이

"아니 그곳은 우리 고생한 친구들이 많으니 가 보아야지."

그러자 **유정**이,

"칫, 마찬가지 아닌가?"

그러자 **김민우**가,

"**형님** 이번에 모두 함께 가세요. 두 분이 안 가시면 직원들에게 이러라 저러라 하실 자격들이 없어요."

그러자 **지원**이,

"에구 참 미치겠네."

그래서 결국 두 사람 모두 기념식에 참석하기로 결정을 하였다.

19. 축제의 장

아름다운 **"하우징 센터"** 광장에는 참석자들을 위한 수많은 의자가 질서 있게 놓여 있고 전면 큼직한 단상에도 귀빈들을 위한 많은 의자가 놓여 있었다.

기념식은 평일이 아닌 토요일 오전에 시작이 되었다. 맑고 푸른 따뜻한 봄날이었다.

이곳에서 기념식을 하자 평소에도 일반인과 고객들이 많이 찾는 이곳에 더욱이 오늘은 날씨도 쾌청하고 따뜻하여 주말의 즐거운 봄날을 즐기러온 사람들도 많이 있었다. 그 사람들도 이곳에서 행사를 하자 무슨 행사지? 하면서 호기심에 뒤에 서서 구경하는 사람들도 상당히 많았다.

식은 **사회자**의 식순에 따라, 기념음악이 연주되고, 회사의 연혁과 계열회사, 그리고 많고 다양한 협력회사의 소개 후 현재 사장의 기념사가 있었고 초청인사의 축하인사 후, **사회자**가,

"오늘 기념행사에 가장 소중한 사람을 인사시키고 축사를 부탁 하겠습니다."

하며 **민유정**을 단상으로 모셨다. **민유정**이 단상에 오르자 사회자는,

"여기 모신 **민유정** 님은 우리의 **'원더풀 하우징'**을 만드신 사장님으로, 지

금 여기 이 아름다운 **'하우징 센터'**도 만드신 분이십니다. 여러분, 많은 박수로 우리 **민유정** 님을 환영하여 주시기 바랍니다."

라고 하자 일부 **민유정**과 함께 근무했던 지금은 간부사원들은 너무도 반가워 **사장님, 사장님**을 연호하면서 박수를 쳤고, 그 외 사원들도 그동안 많은 이야기를 들었지만 자세히 알 수 없었는데, 오늘 보니, 중년의 아름다운 **민유정**의 모습을 보고 반가움에 큰 박수를 보내고 있었다.

이들의 환대에 울컥한 **민유정**은,

"여러분 뜨거운 환대, 정말 감사합니다."
라고 인사한 다음,

"여기에 와 보니, 내가 왜 이 아름다운 곳을 버렸나 하는 생각이 들어 너무 아까워 죽겠네요."
하자, 장내는 또 박수를 치며 재밌어 웃고 난리다.
민유정의 이야기는 시작되었다.

"이 **'원더풀 하우징'**은 우리에게 기적이라는 것이 있음을 보여 준 회사였습니다. 지금부터 약 20여 년 전 저는 **YJ인테리어**라는 회사를 만들어 10년 가까이 운영을 하여 왔습니다. 작지만 순조롭게 경영을 하던 회사는 당시 전 세계에 창궐한 전염병과 국가 간의 전쟁으로 세계 경제가 무너져 버리고 이에 우리나라의 경제도 한순간에 암흑 속으로 빠지게 되었습니다.

그로 인하여 저희 회사도 2년이라는 긴 세월 동안 실적도 없는 상태에서 회사의 존폐마저 위협받는 최악의 상황까지 맞게 되었습니다.

이때 어느 건설회사의 사장이 당시 대단지 아파트 공사를 수주하여 본인에게 희망을 주는 일이 있었습니다.

그래서 그날 그 해당 아파트 단지를 다녀오다 넓은 벌판 한가운데 길가에 붕어빵을 파는 가게가 있어 고생하는 직원들에게 이상한 별식이라도 사다가 주자 하고 생각하여 그곳에 차를 대고 많은 양의 붕어빵이 익기를 기다리면서 붕어빵 아저씨와 오랜만에 재미있게 이야기를 하고 있었는데, 그때 배달을 갔다가 돌아온 청년이 나를 보고서 나에 대하여 안다고 하며, 지금 붕어빵 아저씨는 당시 그 회사의 **강 이사**님이라고 얘기하자 당시 저는 깜짝 놀랐습니다.

그 당시 **강지원** 이사는 저와 미팅을 하면서 제 인상에 너무도 강하게 남으신 분이었습니다. 당시는 마스크를 쓰고 있어서 잘 못 알아봤는데, 직원이 커피를 타와 마실 때 그의 얼굴을 보자 저는 너무도 반가웠습니다.

그래서 주문한 붕어빵이 다 구워질 동안 오랜만에 만난 반가운 사람과의 즐거운 이야기를 나누고 헤어지게 되었습니다.

그 후 기대를 했던 건설사와의 면담 시 그의 너무도 추한 행동에 분노를 참지 못하고 뛰어나와 있는 자들에 대한 역겹기 만한 행동에 대한 분노와 회사에 대한 절망감 속에 차안에서 한없이 울면서 가다 문득 붕어빵을 굽는 **강지원** 이사가 생각이 났습니다.

그래서 울면서 도착한 나를 보고 놀라서 '**푸드버스**' 주방에서 급히 내려오는 **강 이사**의 품에 무조건 뛰어들어 하염없이 울고 말았습니다.

다음, 나의 이야기를 다 듣고 난 **강 이사**는,

'**민 사장**, 이제 그만 슬퍼해요. **위기는 기회를 만드는 절호의 찬스**이기도 합니다. **민 사장**은 내가 알기론 충분히 위기를 기회로 만들 수 있는 능력이 있는 분입니다.'

라는, 2년이라는 긴 암흑의 시간동안 그 누구에게도 들어보지 못한 말을 **강 이사**로부터 들은 나는 너무도 큰 감격을 받을 수 있었습니다.

그래서 저를 좀 도와 달라고 부탁을 하자, **강 이사**는 저에게 **생각은 무엇이든지 할 수 있는 마법과도 같은 것이다. 생각을 버리지 말아라.** 하며 격려해 주시며, 내일 생각할 수 있는 숙제를 주시겠다고 하여, 다음 날은 회사도 가지 않고 **강 이사**님을 찾아갔습니다.

그날 **강 이사**는 저에게 이런 말씀을 하셨습니다.

사람들은 위기에 처하게 되면 대부분 일을 접거나 축소하게 된다. 하지만 위기를 기회로 만들기 위해서는 때로는 반대로 일을 더 크게 벌리는 것도 그 위기를 탈출하는 방법이 될 수도 있다.

라는 말씀과 함께, 지금까지 **민 사장**은 인테리어 사업만 하고 왔다. 이제 이 위기의 탈출을 위하여 내부 건축물의 인테리어는 물론, 가구와 가전 기타 실내 장식물 등 토탈 인테리어에 도전을 해 보는 것이 어떻겠느냐?

하지만, 그것은 추상적인 말로만은 불가능하다. 현대의 과학은 3차원, 4차원의 가상현실이 대세인 시대이다. 그러니 인테리어에도 가상현실 등 첨단 과학을 접목하여 그 어느 누구도 하지 않는 시장에 도전을 해 보아라고 말씀하셔서, '**원더풀 하우징**'을 만들게 되었습니다.

그러나 그 프로젝트를 추진하던 중 또 하나의 벽에 부딪치게 되었습니다. 그것은 사무실이었습니다.

그 프로젝트는 넓은 공간과 수많은 고객을 상대하여야 하는 프로젝트이기에 사무실의 위치와 주차시설이 매우 중요하였습니다.

그래서 그에 대한 고민을 이야기하자 **강 이사**님은 많은 사람들은 명품만을 찾는다. 그러나 그보다 더 중요한 것은 품격이다. 너도나도 내면은 엉망인데 명품만을 걸친다고 그 사람이 달라지는 것은 하나도 없다. 오히려 역겨운 모습밖에 보이지 않는 것이 그 같은 경우다.

그러니 사업도 마찬가지다. 시내 중심가의 고급 사무실만을 고집하지 말아라. 하고자 하는 사업의 내실이 충실하다면 그 회사의 사무실은 하나도 중요하지가 않다.

하면서 수년 전에 본 적이 있다던 이곳을 지정하여 주셨습니다.

처음 이곳에 와서 본 저는 너무도 실망하였습니다. 당시 이곳은 오랜 세월 방치된 공장 건물로 잡초와 쓰레기 더미 속에 썩어 가는 건물이었고 그리고 위치 또한 외딴곳의 한적하고 마치 흉가 같은 곳, 이 모든 것이 저는 너무도 자신이 없었습니다.

그때 저는 이 넓은 토지의 가격도 어마어마할 텐데, 하면서 부정적인 시각을 보이며 별로 탐탁치 않게 이야기를 했습니다.

그러자, 그는 저 몰래 자신의 아파트를 팔아 이 넓은 토지를 매입하여 지역의 아는 **법무사**에게 명의 이전, 용도변경, 건축허가 등을 신속하게 할 수 있도록 부탁하고, 예전에 건설회사에 있을 때 친분이 있었던 건설업자들을 동원하여 공사를 불과 15일 여 만에 거의 끝내놓고, 저를 데리고 와서 보여 주었을 때, 저는 무슨 요술에 홀린 것 같은 기적같이 변한 이곳을 보게 되었습니다.

정말 불가능을 가능케 한 장면이었습니다.

그리고 그는, '이것이 사업이다'라는 말을 하여 주었고, 그 이후, 저는 전보다 몇 배나 강한 힘으로 이 사업을 추진하여, 그 덕분에, 결국 지금과 같은 **'원더풀 하우징'** 기적의 시초를 만들게 되었습니다.”

그러자 장내에는 우외와 같은 박수가 터져 나왔다. 박수는 끝나지 않고 계속되었고, 심지어는 뒤쪽의 방문객들도 박수를 치며 감탄의 환호를 보내고 있었다.

오랜 시간, 박수소리가 이어지다 멈추자,

사회자가,

"**사장**님 정말 대단하십니다. 제가 몇 가지만 여쭤보겠습니다. 그럼 왜 이 건강한 회사 '**원더풀 하우징**'을 중간에 그만두셨나요?"

하고 묻자,

유정은,

"네, 제 행복을 찾기 위해 그만두었습니다."

라고 하니,

사회자는 좀 의아한 듯,

"**사장**님, 당시는 회사가 한참 번창하던 시기였습니다. 다른 사업가들은 회사가 한참 일어날 시기라면 주위에서 아무리 큰돈을 주더라도 팔지 않을 텐데 사장님께서는 지금과 같은 대기업 출발 직전에 아무런 요구를 하지 않으신 것은 물론, 회사의 재산이 거의 사장님 재산임에도 그 어마어마한 재산을 모두 전 직원들에게 골고루 나누어 주시고 회사를 떠나셨습니다. 그것은 누가 보아도 절대 이해할 수 없는 일이라 생각할 것입니다."

그러자,

유정은,

"그것은 조금 잘못된 생각인 것 같습니다. 저는 당시 넉넉하지는 않지만 제가 생활할 정도의 여력은 있었습니다. 그러나 모든 사람들은 '**그것만 가지고는**'이라는 생각 속에 돈에 대한 욕심들이 끝이 없습니다. 그러나 저는 물질보다는 생활의 기쁨이 우선입니다.

저도 그 기쁨을 우리 아기들의 아빠를 만나고부터 서야 비로소 알게 되었습니다. 저는 당시나 지금이나 하루하루 사랑하는 남편과 아이들과 생활하는 기쁨이 너무도 행복합니다.

내가 만일, 회사가 잘되어 가니 그 욕심에 매일매일 밤낮으로 회사 일에만 몰두하였다면 우리 가족들과 함께하는 기쁘고 행복한 시간을 빼앗길 수밖에 없었을 것입니다.

이렇듯, 저에게 가장 소중한 것은 가족과 함께하는 기쁨이지 물질이 아닙니다.

제가 닦아놓은 회사의 번영은 다음에 오는 사람들이 모든 직원들의 행복을 위하여 잘 이끌어 주신다면 저는 그것으로 그동안 쌓아 온 회사의 안정된 성장에 큰 보람을 느낍니다.

앞으로의 경영진 여러분들께서도 그러한 경영 철학을 가지고 회사를 이끌어만 주신다면 이 회사는 언제나 행복하고 즐거운 회사가 될 것입니다.”

이렇게 **유정**이 얘기하자, 또 사람들은 큰 박수를 보낸다.

그러자 **사회자**는,
“사장님 정말 대단하시고 존경스럽습니다.”
고, 하면서
“그러면 당시 **강 이사**님도 여기 와 계십니까?”
라고 물으니,
민유정이 머뭇거리자, 뒤의 임원석에 있던 **김민우** 부사장이,
“네, 와 계십니다.”
라고 하자,
사회자가,
“**강 선생**님 어디 계십니까? 나와 주십시오.”
해도 나오지 않자,

사회자는 참가자들을 향해,

"여러분들, 우리가 박수가 부족해 나오시지 않는 것 같습니다. 힘차게들 박수 한번 쳐 주세요."

라고 말하자 모두들 뜨거운 박수를 보낸다. 그러자 담담히 앉아 있던 **강지원**은 할 수 없이 일어나 단상으로 와서 인사를 한다.

"여러분, 제가 **강지원**입니다."

그때 옆에 있던, **민유정**이,

"이 멋대가리 없는 남자는 우리 애들의 아빠이자, 실질적으로 이곳을 만드신 제 남편입니다."

그러자, **민유정**으로부터 이야기를 들은 터라 임직원과 초청인사 그리고 방문객 등 모든 사람들은 그야말로 환호하면서 난리들이다.

그러자 그때, **김민우** 부사장이 나와,

"여기에 계신 **강지원** 형님은 우리 모두의 은인이자 저의 은인이기도 합니다."

라고 이야기하고,

이전… 건설회사에서 신입사원인 자신의 부당한 처사에 분노하여 그 좋은 회사를 나와 당시 취업이 어려운 자신을 위하여 붕어빵집을 만들고, 그 붕어빵집을 어려운 청소년들을 위한 자립의 장소로 만들어 지금의 **"푸드버스"**를 키워 이제는 청소년들의 요람이 되게 하였다는 말을 하자 **강지원**은

"야, **김민우**, 그만해라."

하고 웃으며 얘기하면서 관중을 향해 넙죽 인사를 하면서,

"여러분들 만나 뵈어서 정말 반가웠습니다."

하고 말하며 내려가 버린다.

모든 직원들과 참석한 사람들은 그 어디서도 보지 못할 멋진 스토리의 이야기와 두 주인공인 부부의 얼굴을 이렇게 볼 수 있었다.

이후 기념식 식후는 물론 그 이후에도 주인공들의 이야기는 끝이지 않고 이어지고 있었다.

20. 내일을 위하여

산에는 나뭇잎이 한 해의 마지막을 향하여 달리는 것이 아쉬운지 노랗게 물들은 잎사귀들이 떨어지지 않으려고 안간힘들을 쓰고 있다.

그리고 가을의 태양도 아직은 그래도 따뜻한 마음을 모두에게 뿌리고 있었다.

아름다운 **"하우징 센터"**의 공원은 가을의 휴일을 맞아 많은 사람들이 자연의 맛을 즐기고 있었다.

"하우징 센터" 공원의 유리온실 옆 널찍한 나무 테이블에는 기품이 있게 생기신 칠순의 할머니와 중년의 아름다운 여인, 그리고 50대 후반쯤으로 보이는 여인과 젊은 부부 이렇게 한 가족이 여유로운 가을을 즐기고 있고,

조금 떨어진 잔디밭 한쪽에서는 초등학생들로 보이는 3명의 어린이들이 도망 다니는 어느 한 남자를 잡으러 잔디밭을 뛰놀고 있었다.

평화롭게 테이블에 앉아 있던 **유정**이 **어머니**에게,
"엄마, 여기 어때요?"
그러자 **어머니**는,

"내가 이런 곳까지 와 볼 수 있다는 것이 믿기지가 않는구나. 이 아름다운 곳, 내 생전에 이런 곳을 다 와 보다니. 정말 꿈만 같구나."

그러자 **유정**이,

"**엄마**, 이곳 만든 사람이 누군지 모르지? 바로 **강 서방**이야!"

라고 하자 **어머니**는,

"뭐, 그게 정말이냐?"

하시며

"정말, **유정**이 너는 복도 많구나."

하시며 감탄하신다.

그때, 이곳 **간부직원**들이 지나다, **유정**을 보더니,

"어, **사장님! 사장**님 아니십니까?"

하면서, 모두들 놀란다.

그러자 **유정**이,

"어머, 모두들 반가워요."

하며 인사하자,

한 **간부직원**이,

"**사장**님, 오시면 연락하시고 오시지 않으시구요. 그러면 저희들이 모셨을 텐데요."

그러자 **유정**이,

"아네요, 그냥 가족들과 조용히 쉬고 가려고 왔어요. 오늘 오랜만에 보니 정말 모두들 반가워요. 회사는 잘되고 있죠?"

그러자,

"그럼요. **사장님**께서 탄탄하게 만들어 주셔서 정말 저희들은 아주 편하

게 회사 생활을 하고 있어요."

유정이,

"정말 다행입니다. 그럼 바쁘실 텐데, 그만들 가 보세요."

그러자 모두들 반갑게 인사를 하고 돌아갔다.

그러자 **어머니**께서,

"그게 다 무슨 말이냐? 사장님은 다 뭐구."

라고 물으신다.

이에 **유정**은,

"아, 전에 내가 여기 사장으로 있었어."

그러자 **어머니**는,

"뭐, 네가, 어, 우리 딸도 대단했구나."

하며 놀라신다.

그때, 현재 **"원더풀 하우징"** 직원으로 근무하고 있는 **가정부**의 아들이,

"네, **할머니**, 우리 **이모**, 회사에서 정말 대단하셨어요."

어머니는 유정이 대견한지 딸의 얼굴을 쳐다보며 미소를 지으신다.

그때, 아빠와 놀던 **막내**가 **할머니**에게 와서,

"**할머니**, 우리 같이 놀아요."

라고 하자, **어머니**는 웃으며 일어나셔서 **막내**의 손을 잡고 아이들과 아빠가 놀고 있는 잔디 쪽으로 가신다.

그것을 바라보는 **유정**의 얼굴에는 밝은 미소가 가득히 번진다.

이것이

아이들의 **내일을 위하여**,

그리고

모든 사람들의 **내일을 위하여**,

살아가는 것,

이것이 우리의 진정한 행복이 아닌가!

　하늘에는 수확이 무르익어 가는 계절의 기쁨을 담은 가을 햇살이 따스하
게 비치고 있었다.

그 어느 책에서도 찾아 볼 수 없는 살아있는 글이며,
그 어떤 사람의 삶에서도 찾아 볼 수 없는 일생을 그리고 있다.

1권 지영의 노래

짧은 생을 살고 떠난 어느 여인의 백합처럼, 티 없이 맑고 순수한 아름다운 마음, 그리고 한없이 깊은 사랑이, 사치와 향락, 그리고 위선이 가득한 이 사회에 어떠한 교훈이 될 수도 있을 것이다.

2권 승부의 세월

지영을 잃은 끊임없는 슬픔과 고통 속에서도 험난한 이 사회를 이기기 위하여 평생 도전의 삶을 살아온 낭인의 삶은, 현, 우리의 젊은 세대들에게 생각하고 도전하면 무엇이든지 할 수 있다는 교훈을 준다.

3권 우리 진상과의 대화

자녀들과 헤어진 후 자녀를 그리며, 매일 아침, 블로그를 통하여, 그리운 자녀에게 짤막하게 쓴 글로, 그 글 속에는 자녀들에 대한 그리움과 함께, 낭인 나름대로의 매 글마다 간단한 교훈이 담겨진 글이다.

이 안에는 재미는 물론, 사랑, 감탄, 액션,
그리고 계속되는 감동과 교훈이 가득한 책이다.

거친파도 속의
하모니 ❷
내일을 위하여

ⓒ 신형범, 2023

초판 1쇄 발행 2023년 6월 30일

지은이	신형범
펴낸이	이기봉
편집	좋은땅 편집팀
펴낸곳	도서출판 좋은땅
주소	서울특별시 마포구 양화로12길 26 지월드빌딩 (서교동 395-7)
전화	02)374-8616~7
팩스	02)374-8614
이메일	gworldbook@naver.com
홈페이지	www.g-world.co.kr

ISBN   979-11-388-2046-2 (03810)